極めて傲慢たる悪役貴族の所業
II
The Deeds of an Extremely Arrogant Villainous Noble

「久しぶりだな、ルーク」
エレオノーラ・レーネ・ゴドウィン

「誰も手出しすることは許さん。
――この竜は俺一人でやる」

ポルポン・
レヴィ・ディーネ・
ミレスティア

「……そん……な……」

「クク、良い顔をするじゃないか」

ポルポンの顔から一切の表情が消えた。

滾らせていた闘志、決して折れぬはずの執念。

それらがみるみるうちに失われていく様は、
ルークに得も言われぬ悦びを抱かせた。

「そうだな」

人々の目を釘付けにしていた巨大な闇の太陽が
突如として消失した。

誰もが唖然とするなか、
ルークは次の魔法を発動させる。

「確か、こうだったか？――『水の竜王』」

「……ゴドウィン家か」
ルーク・ウィザリア・ギルバート
（なんで俺ばっかりこんな目に遭うんだあああああッ!!）
ザック・カリソン

極《きわ》めて傲慢《ごうまん》たる悪役《あくやく》貴族《きぞく》の所業《しょぎょう》Ⅱ

著　黒雪《くろゆき》ゆきは

角川スニーカー文庫　23873

2023年11月１日　初版発行
2023年12月30日　３版発行

発行者　山下直久

発　行　株式会社KADOKAWA
〒102-8177 東京都千代田区富士見2-13-3
電話　0570-002-301（ナビダイヤル）

印刷所　株式会社KADOKAWA
製本所　株式会社KADOKAWA

◆◇◇

Printed in Japan　ISBN 978-4-04-113728-4　C0193

★ご意見、ご感想をお送りください★
〒102-8177 東京都千代田区富士見 2-13-3
株式会社KADOKAWA　角川スニーカー文庫編集部気付
「黒雪ゆきは」先生「魚デニム」先生

いてくださった魚《うお》デニム先生。一巻の時も感じましたが、素敵な挿絵があると読む楽しさが倍増しますね。それもこれも、魚デニム先生のおかげです。本当にありがとうございます。

そして編集の木田様。前回同様、今回も多くのご迷惑をおかけしてしまい申し訳ありませんでした。こちらで直しておきました！　と言っていただくたびに心が痛かったです。加えて締切寸前までお付き合いいただき感謝の言葉もありません。本当にありがとうございます。

最後に読者の皆様。二巻を手に取り、最後までお読みくださりありがとうございました。今回は体調を崩してしまい大変だった時もありましたが、読んでくれる皆様の存在が励みとなり、なんとか頑張れました。これからも面白い物語が書けるよう精進してまいりますので、何卒《なにとぞ》よろしくお願い致します。

それでは。

リリー・エイクリル・ラムリー
「なによ、カッコつけちゃってさ。
私たちくらい……
一緒に戦わせてくれたっていいのに」
「そうだね。——でも、ルーク君らしいよ」
アベル

Character《登場人物》

The Deeds of an Extremely Arrogant Villainous Noble

◉ルーク・ウィザリア・ギルバート	《俺》が転生したファンタジー小説世界の"悪役貴族"。あらゆる物事を努力せずに成せる怪物的な才能を持つが、それ故に自惚れ、破滅する運命にあり——？
◉アリス・ルーン・ロンズデール	有力貴族の長女でルークの婚約者。才色兼備を体現した氷の美女で、ルーク以外は基本的に見下している。
◉ミア・クライン・レノックス	アリスとは伯爵家同士の顔見知りで、ライバル意識を持っている。ルークに運命を翻弄される一人。
◉アベル	この世界の"主人公"。底抜けのお人好しで善人だが凄惨な過去を持ち、強さを追い求めてアスラン魔法学園に入学する。
◉リリー・エイクリル・ラムリー	何かと無茶をするアベルを気にかけ付き添う、強気で健気な乙女。
◉アルフレッド・ディーグ	ギルバート家に仕える執事でありルークの剣の師。元王国騎士団副団長。
◉クロード・グレイ・ギルバート	王に次ぐ領土を持つ大貴族の当主であり、ルークの父。重度の子煩悩。
◉ヨランド・エリアス・ロンズデール	アリスの兄。生粋のシスコンだが、政略・魔法戦闘においてはかなりの切れ者。
◉アメリア・フォン・エレフセリア	属性魔法研究局長であり、ルークに初めて魔法を教えた魔法鑑定官。
◉ザック・カリソン	Aランク冒険者パーティー『灰狼の爪痕』の剣士。
◉ポルポン・レヴィ・ディーネ・ミレスティア	ミレスティア王国の第二王子。アスラン魔法学園の二年生。
◉フレイア・ウェン・エレフセリア	アスラン魔法学園一年生の担任教師。アメリアの妹。
◉エレオノーラ・レーネ・ゴドウィン	アスラン魔法学園二年生にして序列一位。ルークの幼馴染。

極めて傲慢たる悪役貴族の所業Ⅱ

黒雪ゆきは

角川スニーカー文庫

23873

目次

contents

The Deeds of an Extremely Arrogant Villainous Noble

illustration: 魚デニム
design work: atd inc.

第一章　駒

1

夜明けを告げる朝日が遠方から滲《にじ》むように広がり始める頃。

悲しいかな、ルークはため息をつかずにはいられなかった。

なんの脈絡もなくミアが自室を訪れたかと思えば、全裸のアリスを目撃したショックにより気を失ってしまい、まさに今、目の前に倒れているからだ。

静けさとは無縁の朝である。

「この子を駒にするですって？　私がいるのに？　どんなに卑劣で下劣な命令だとしても、私なら完璧にこなせるわ。……ミアなんかよりも」

「…………」

アリスがいつもよりほんの少しだけ大きな声でそう言った。彼女にしてはめずらしく、僅かだが声に感情が乗っている。アリスという少女を深く知らない者であれば見分けはつかないだろうが、ルークから見ればその表情も実に複雑なものだった。

――しかし、分からない。

「何を勘違いしている。お前は『駒』ではなく、俺の『婚約者』だ」

「――っ」

本心だった。彼にとってこれは単なる事実でしかない。アリスとミアでは明確に立ち位置が違う。ただ、それだけのことだ。

だが、ルーク自身も気づいていないことがある。それは彼がいつの間にか、アリスが共にいる日常を当然のように受け入れているということだ。最初は拒絶しかなかったはずなのに、今では自らアリスのことを自身の『婚約者』であると認めていたのである。

これは、彼の明確な変化といえるだろう。

（婚約者、婚約者、婚約者、婚約者、婚約者――）

——ただし、これはルークにとっての当たり前にすぎない。

アリスと同等、あるいはそれ以上に感情を表に出さないルークの心を垣間見る《かいまみ》ことは、彼女にとってはあまりに刺激的で魅惑的だった。『婚約者』という言葉はアリスの脳内で何度も反芻《はんすう》され、ゆっくりと心を溶かし、高揚させた。

「……ハァハァ」

そして、その高揚は次第に情欲へと形を変えた。

体が熱くなってくるのを感じ、息が荒くなる。本来ならばその濁りを悟られまいとするのだろうが、今のアリスにその意思は皆無だった。

「本当に……女をダメにする男ね」

服を一切纏《まと》っていないアリス。が、そんなことはまるで気にしない。それどころかむしろ、都合がいいと考えルークの首に手を回した。

「……おい。ミアがいるんだぞ」

「フフ……バレたら大変ね」

アリスはすっと背伸びをし、口づけをした。

それは温かく優しいキスではない。ひたすらに欲望を貪るキスだ。

ベッドに運んだミアが気を失っているなか、二人はその横の床に倒れ込んだ——。

§

「おい、いい加減起きろ」

「……んぅ」

いろいろと終え、身支度も整えた。だが、一向にミアは起きない。

繊細なのか、図太いのか。まるで分からない女だ。……まあ、心労がたたったのかもしれんが。

「ようやく起きたのね、お寝坊さん」

「……ん、アリス……？　——なっ⁉」

アリスを見たことで、ミアは意識を一気に覚醒させた。すぐさま上体を起こし、壁際まで飛びのいた。

「ななな、なんでアンタまでいるのよ！」

「こっちのセリフだわ。私とルークが婚約していると知っていながら、部屋まで押しかけちゃう泥棒猫さん」

「違っ……こ、これはそういうんじゃ……」

「そう？　私には女の顔をしているように見えたけど」

「し、してないわよ女の顔なんて！　変なこと言わないでよ！」

「…………」

まあ……事の発端は俺であるわけなんだが。

アリスには経緯を説明したはずだ。こうやってからかうのは、やはり仲は悪くないということなのか。

「ミア、今日の授業はどうなっている」

「え、えっと……今日は午後の三限と四限を受けて終わり……だよ」

「そうか。なら第一か第二魔法修練場の予約をしておけ」

「わ、分かった」

「それと、俺は図書館にいる。修練場が使えるようになったら呼びに来い」

「うん……了解」

ふむ、素直だ。俺の言葉を一切の迷いなく受け入れている。

しかし……これは少々上手《うま》くいきすぎている。俺の想定を超えている。……ほんの僅かに嫌な予感がするのはなぜだ。

「堂々と密会の約束？　罪作りな人ね」

「……さっき話はしたはずだが」

「ええ、理解はしているわ。でも、納得できるかはまた別の話なのよ。……ハァハァ、きっと私は気になって見に行ってしまうんだわ。そして隠れながら目撃してしまうの。二人があんなことや、こんなことをしているのを。それはとても辛いことのはずなのに、なぜか体は熱く――」

「ななな、何言ってんの？　しないわよそんなこと！」

「あら？　顔を真っ赤にして何を想像したの？　私はあんなことやこんなこととしか言っていないのだけど」

「――う、ちがっ」

「………………」

いや、見に来るくらいなら普通に合流すればいいだろうが……。

なぜ隠れて見る必要があるのか。俺には一切理解できない。理解したいとも思わんが。

「食堂へ行く。お前ら、さっさと俺の部屋から出ろ」

「ええ、そうね。こんな泥棒猫とこれ以上話したくないわ」

「だから違うってばっ！」

部屋に鍵をかけ、食堂へと向かう。

するともはや見慣れた光景がそこにはあった。

「…………」

目つきの悪い赤髪の少年――ロイドだ。

コイツはいつも誰よりも早く朝食を食べ始めている。

目が合った。こちらを見たのだ、当然ミアのことも視界に入ったことだろう。

だが何も言ってこない。直《す》ぐに目を逸《そ》らし、朝食を再開する。

しかも、だ。昨日よりも少し離れたところに座り食事をしている。

アリスに言われたことを守っているということなのか？

クク、コイツも本当に面白い。

「……っ」

そのときだ。突然、ロイドの元へミアが歩きだした。

「……私の負け。言い訳の余地もない」

「…………」

「でも、必ずリベンジするから」

「……そうかよ。いつでもいいぜ。俺は逃げも隠れもしねェ。——だが、俺も先に進む。待ってはやれねぇぞ」

するとロイドがこちらを見た。視線の先は俺ではない、アリスだ。

不意に立ち上がり、ゆっくりと歩いてくる。

「序列戦を申し込む」

「そう、いいわよ」

アリスはあっさりと承諾した。

「……勝てると思ってるわけじゃねェ。だが入学から間もねェ今、お前との距離を明確にしておきてェ。すまんが頼むわ」

「理由なんてどうでもいいの。聞いてもないことをペラペラと喋《しゃべ》らないで」

「………………」

これ以上ロイドが何か言うことはなく、そのまま席へと戻っていった。

「——クク」

しかし、俺は込み上げる笑いを抑えられなかった。

ロイドという男、あまりに面白いではないか。気に入った。

「俺でもいいんだぞロイド？　こんな女などではなく」

「こんな女……ハァハァ」

アリスの息遣いがなぜか荒くなった。煩わしい……が許してやろう。

今の俺は気分がいい。

「お前は……まだだ。今やっても意味がねェ」

「アッハッハッハ。そうか、ならばいつでもいい。お前であれば序列戦でなくてもな」

「え……マジかよ」

「ああ、マジだ」

コイツには俺の貴重な時間を割いてもいいと思える。

その程度には気に入った。

「そうか……なら頼むかもしれん」

「あぁ、遠慮することはない。お前ならばいい」

ロイドは少しだけ目を見開き、そしてすぐにいつもの表情に戻った。

クク、相変わらず目つきの悪い奴《やつ》だ。

そして会話はそこまでだった。お互いが食事へと戻る。

そのタイミングで、レオナルドが食堂へとやってきた。

「やぁ、おは――」

「…………」

「う、うん……僕は向こうで食べようかな……ははは……」

アリスに睨《にら》まれたレオナルドがそっと離れていく。

そして、ロイドの傍《そば》で食べ始める。これもよく見る光景だ。

「あ、あの……ここ、座ってもいいかな？」

「…………」

食事を進めていると俺に話しかける者がいた。

目を向ければそこにいたのは……アベル。そしてコイツといつも一緒にいるうるさい女。

確か、リリーと言ったか。……アベルの申し出を断ればこの女がギャーギャーと騒ぎ出し面倒なのは、火を見るよりも明らか……だな。

「……好きにしろ」

「っ！　ありがとう！」

俺の手前の席にアベルが座った。ニコニコと本当に嬉《うれ》しそうに笑っている。……気色が悪い。

なんというか、妙にコイツに好かれている気がするのはなぜだ。

全くもって意味が分からない。

「あ、あの……昨日はごめんなさい。私、誤解しちゃって……」

「どうでもいい」

「……なっ！　アンタねぇ――」

「お、落ち着いてリリー。……ごめんね、ルーク君」

「なんでアベルが謝るのよ！」

「そこ、キャンキャンうるさいのよ。静かにしてくれない？」

「なんですって!?」

「……うるさい」

いつからだ……俺の周りがこんなにも騒々しいものになってしまったのは。

「やっぱりね」

そんな中、アベルが俺に話しかけてきた。

「彼女に笑顔が戻っている」

どこか満足げに、アベルがミアを見てそう言った。

「……お前は、絶対に何か大きな勘違いをしている」

「そ、そうかな？」

「あぁ、そうだ」

「でも、彼女が今こうして笑っている。それは紛れもない事実だよ」

「…………」

どうやらこいつは、俺がミアを慰めたのだと本気で思っているらしい。

「僕……時々見かけるんだ。君が剣を振っているの」

「それがどうした」

「戦った時も思ったけど、本当に……表現できないくらい綺麗《きれい》なんだ君の剣。魔法のことはまだよく分からないけど、剣のことは少し分かるよ」

「…………」

「僕の師匠がね、言ってたんだ。剣は『心』が重要なんだって。だから分かるんだ、ルーク君が悪い人じゃないって」

「…………」

そう言って、屈託のない笑みを浮かべるアベルを見て思う。

なるほどな。コイツがこんなにも愚かな考え方をするのは、その師匠とやらのせいか。

剣の腕が立つから心が綺麗だと？

世の中、そんな単純にできているはずないだろうが――。

2

――午後、第一魔法修練場。

俺はミアに一つの魔法を教えるため、ここへやってきた。

「ここを予約する時、フレイア先生に『民にあれほどの醜態を晒《さら》したというのに、随分と元気そうじゃないか。安心したぞ』って言われてしまった……」

「どうでもいい。さっさと始めるぞ」

「あ、よ、よろしくお願いします……！」

「まず、魔力をもらうぞ」

「……ぅ」

闇魔法により奪ったミアの魔力が俺に流れ込んでくる。

ふむ、やはりいい魔力だ。

「見てろ。――『雷癒の鎧《よろい》』」

瞬間、俺の身体を紫電が走る。

この魔法は単なる思い付き。実践するのは初めてだ。

だが、どうせ上手《うま》くいく。――ほらな。

まあ微調整は必要か。

「……えっ」

俺は雷鳴の如《ごと》き轟音《ごうおん》と共に地を蹴った。

この魔法は『雷』と『治癒』の複合魔法であり、その効果は『雷速を宿す』だ。

人間の体はそんなものに耐えられない。ゆえに当然壊れるが、壊れたそばから癒《いや》せばいい。

これこそが――『雷癒の鎧』。

やはり……速いな。速すぎて僅かに反応が遅れる。感覚をブーストさせる魔法も併用した方がいいか。

慣れるのはそれなりに時間がかかるな。魔力消費量も凄《すさ》まじい。

あまり長時間は使えない、か。だが、それを補ってあまりある素晴らしい魔法だ。

それからしばらくした後に、俺は魔法を解除した。

「どうだ、気に入ったか？」

「す、すごい……」

「これは『雷』と『治癒』の複合魔法だ。お前にはこの魔法を習得してもらう。使いこなせるよう努めろ。それと、お前は魔法を発動するまでが遅い。そこもどうにかしろ。──じゃあ、俺はもう行く」

「……え」

さて、帰ろう。いや図書館に行くか。

まだ調べたいことも残っている。

「ま、待って！」

「……なんだ？」

「もう行っちゃう……の？　ひ、一人でできるか分からないし。できれば居てほしい……というか……」

「……は？」

コイツは何を言っているのか。

「……魔法なら見せたろ」

「見たけど。でも……」

尚《なお》、ごねるミアに俺は――

「――ミア、お前にはがっかりだ」

面と向かい、親切にはっきりと言ってやる。

「何も無い荒野を彷徨《さまよ》い歩くことに比べ、既にそこにある道を歩むことのなんと容易《たやす》いことか。そんなことも分からないとは――見込みが外れたか？」

「……ぅ、ぁ」

俺はただの家畜に餌を与える趣味はない。コイツは甘えているんだ。

魔法の習得は感覚的な部分が多く、ひたすら己との対話を繰り返すしかない。

自分で思考することを放棄し他人に縋《すが》る……そんな奴は必要ない。

どんなに優れた能力を持っていようと、たかが知れている。それでは有象無象と変わらん。

ここで甘やかせば、今後も些細《ささい》なことで俺を頼るようになってしまう。

ゆえに、このくらい発破をかけておいた方がいいだろう。

伝えるべきことは全て伝えた。俺は再び出口に向かって歩き出す。

「ご、ごめんなさい……」

袖を摑《つか》まれた。誰にか、など言うまでもない。

「ごめんなさい、ごめんなさい、ごめんなさい、ごめんなさい、ごめんなさい……見捨てないで、お願い見捨てないで……」

「なんだおま――」

「……え」

ミアの目は涙と共に黒く澱《よど》んでいた。一縷《いちる》の光も届かないほどに。

少し発破をかけただけだ……。なのにどうして……どうしてこうなった。

そもそも、コイツこんなキャラだったか？

まさか……これも俺が『努力したこと』の影響だというのか――。

§

――『お前にはがっかりだ』

そう言われた瞬間、私は地面が抜け落ちたかのような浮遊感を味わった。

落ちて、落ちて、堕《お》ちて。

どんなに手を伸ばしても、あの綺麗で美しくて、私の心を照らしてくれた『光』を見ることはもう二度と叶《かな》わないんだって思ったら……目の前が真っ暗になった。


嫌だ。

嫌だ、嫌だ。

嫌だ、嫌だ――。

§

「…………」

「……ひっく」

……おい、冗談だろ。なぜ泣くんだ。訳が分からん。

「い、一番じゃなくていいの……そばに居させて……お願い……お願い……」

ミアが俺の足元に縋りつき、ドロリと濁った目をして俺に訴えてくる。

なんなんだこれは。本当に、どうしてこうなった……。

「……まあ聞け。まずは一人でやれ。でなければお前自身、何ができて何ができないのかも分からんだろう」

「……ぅぅ」

「最初から他人を頼ろうとするな、癖になる。鍛錬とは己との対話。一人でするものだ。特に魔法はな。……まあ、道は示してやるが」

「ご、ごべんなざぃぃ。がんばるから、私、がんばるがらぁ……みずでないでぇ……」

「……分かった。おい、いい加減離れろ。鬱陶しい」

「うっどぅじぃっで……言わないでよぉ……」

「…………」

なんだこれは。この面倒くさい生き物は一体なんなんだ……。

本当にどうしてこうなった……うっ、胃がキリキリと痛むのを感じる。

クソ、なぜ俺がこんなことで頭を悩まさねばならんのか。

「……一つだけ、アドバイスしてやる」

俺は軽く腹を押さえながらミアに告げる。

「壊れたそばから治せ。治し続けろ。『雷』よりも『治癒』の割合を高めるんだ。分かったな」

「……うん。分かった」

「…………」

この程度で泣く奴《やつ》の気持ちが分からん。……なんだか、やたらと疲れた。

一旦帰って寝ようか。……いや、待て。

「言い過ぎた」

「……え」

俺はミアの肩にそっと手をおいた。

なぜかそうすべきだと、不思議と理解しているからだ。

時々そういう感覚がある。絶対にこうした方がいい、という確信めいた何かを感じる瞬間だ。

「お前には期待しているからこそ強く言ってしまった。許せ」

「……ぁ……ぅ」

ミアが口をパクパクさせている。

目の奥に渦巻く闇がより一層深くなった気がしたが、今は無視した。

「俺は常に正しい。お前を選んだことだってそうだ。——できるな？」

「うん……できる……できるよ私……」


俺の言葉にミアは、コクコク、と勢いよく頭を縦に振った。

はぁ……疲れた。本当に疲れた。

しばらくはもう『駒』を増やすのはやめよう……。

「では俺は行く」

「う、うん……！　私頑張るから……！」

強い意志を感じる。

いい目だ。……いい目……か？

いや、もういい……これ以上考えるのはよそう。

俺は今度こそ出口へ向かって歩き出した。

「…………」

修練場の出入口。誰かがこちらを見ていた。

だがよく確認する前に、その人影は慌てたように消えてしまう。

アリスかとも思ったが……違うな。

「……誰だ」

修練場を出て短くそう言う。

辺りを見渡しても誰もいないが、遠くへ行く時間はなかったはず。

大きな魔力も感じなかった。なら、まだ近くにいるということ。

しかし、ここに隠れられる場所など——いや、掃除用具などを入れてある大きめのロッカーならあるが……。

疲れている俺に追い打ちをかけるかのごとく、常時発動している『魔力知覚』がそこに人が隠れていることを告げる。魔法によって何らかの隠蔽工作をしているようだが、動揺のせいか完全には隠せていない。

「出てこい。そこに隠れているのは分かっている」

「………」

何も返答はない。

どうやら出てくる気はないらしい。

「そうか。なら、開けるだけだ」

俺は取っ手に手をかけ、その両開きのロッカーを勢いよく開けた。

そして──見た。

「……は？」

その、あまりに想定外の人物を。

「──こんな所で会うとは奇遇だな。ルーク・ウィザリア・ギルバート」

いくつもの掃除用具を抱え、奇妙なポーズでロッカーに隠れていたのは──一年の担任教師『フレイア』だった。

……もはや意味が分からない。

ただでさえミアのことで疲れているというのに、どうしてこうも理解できない事が重なるんだ。

なぜ教師がこんな所にいるのか。なぜコイツはこの状況で、いつもと変わらない日常であるかのように平然としているのか。

とめどなく溢《あふ》れる疑問に俺の混乱は留《とど》まるところを知らない。

「お前は今こう思っているな。『なぜ』と。そう思っているな。だが、それはあまりに愚問だぞ」

「…………」

「掃除用具を入れるロッカーに教師が隠れている。その蓋然性はとても高いとは言えないが、決してゼロではない。そこにこれ以上の事実はなく、これが現実であり真実なのだよ」

「…………」

「では私は失礼する。まだ仕事が残っているのでな」

「…………」

目の前にいるこの教師は一体何を言っているのか。既に俺の脳は考えることをやめていた。

この俺をして理解できない出来事が立て続けに起こったのだ。

これは仕方ないというものだろう。

「姉上から聞いていたが、やはり優秀だな。その上、同級生を気にかけることもできるとは。感心したぞ」

「…………」

そして、その言葉を最後にフレイアは去っていった。

一貫して動揺した様子はまるでなく、とても堂々とした態度だった。

それがより一層この状況の奇妙さを増長している。

「……帰ろう」

今日は一日中寝ることにしよう……。

効率を考えればその方がいいはずだ。

俺は思考をかなぐり捨ててそう結論付けた。

§

——アスラン魔法学園周辺、深夜。

人工的な光はなく、月明かりだけが世界を照らす頃。

そこには二人の男女の姿があった。肌の露出というものが一切なく、全身黒ずくめの二人だ。

「……なぁ、ちゃんと分かってる？」

「分かってる。今日は偵察。見るだけ」

「ならいいけどさぁ……無理だけはよそうな？　な？」

「把握。けど、攫《さら》えそうなら攫う」

「はぁ……なんでこの子はこんなに血の気が――ッ」

瞬間、二人は飛び退《の》いた。

何かが彼らの頭上から降ってきたからだ。


「へぇ、避《よ》けるんだ。すごい身体能力だね。魔法かな？　魔道具？　それとも別の何か？」


月明かりを反射する銀色の髪。

不敵に笑うその男は――ヨランドである。

瞬間、黒ずくめの二人は肌で感じ取った。この男は危険過ぎる、と。

本能がうるさいほどに警鐘を鳴らす。今すぐに逃げろと訴えかけてくる。

「ッ！」

「分かってるな」

「……分かってる。そこまで自惚《うぬぼ》れてない」

戦ってはいけない。絶対に撤退すべきだ。

その結論に相違はなかった。

「いやぁ、時期的にもそろそろ来るだろうなとは思っていたんだけど。まさかドンピシャとはね。――僕は本当に運がいい」

刹那、ヨランドは地面を蹴る。

そして、地面と自身との間に生み出した反発によって加速する。

およそ人間のそれを逸脱した速度で一気に距離を詰める。

もし、彼らをヨランドの射程内に捉えることができれば勝敗は決していただろう。

しかし――

「――ッ！」

ヨランドの視界は奪われる。――煙幕だ。

「そんなもの……あれぇ？」

単なる煙ごとき、ヨランドは自身の魔法によって一瞬で吹き飛ばせる。

しかし、できない。魔法の干渉を妨げる何らかの仕掛けがされていたのだ。

それによって、僅かに煙幕を吹き飛ばすまでにラグが生じた。

その僅かなラグは二人が姿を隠すには十分過ぎたのである。

煙が晴れ、辺りを見渡してみるがそこには影も形もありはしない。

「ん？　魔力も追えない。最悪だ……まんまと逃げられたよ」

ヨランドは分かりやすく落胆した。

「うーん、まあいいか。――でも、『獣人』だよね。あれ」

静かに呟《つぶや》いた。

「魔力を全く持たない劣等種……というのが王国の認識。愚かだよね。使い道はいくらでもあるのに。魔力はなくても、身体能力は抜群だしね」

ヨランドは『飛行』により、ふわりと空へと浮かび上がった。

「目的は十中八九ルーク君だろうね。『闇属性』の発現は知れ渡っていると考えて間違いないだろう。せめて育つまでは隠しとけばいいものを。うちの国、魔法ばかりで情報系弱いからなぁ……」

はぁ、とため息をついた。

しばらくして、ヨランドに近づいてくる影がひとつ。

「ヨランド様、隊総出で捜しているのですが……」

「お疲れゴルドバ。いいよ、魔力を持たないって厄介だよね」

「申し訳ございません……」

「『獣王国』の刺客と考えるのは素直すぎるかな。あえて獣人を使うという他国の偽装工作……？　そんな好かれてないしねぇ、この国。まあ、どうでもいいけど。なんであれ対処するだけだし」

そして、ヨランドとゴルドバは闇夜に消えていった――。

2・5　幕間《まくあい》　フレイア先生の日記

○月×日

今日、お姉ちゃんから連絡があった。しばらくの間、『ギルバディア』に残るらしい。どうもギルバート家の嫡男が『闇属性』を発現させたんだとか。

もう！　希少属性が凄《すご》いのは分かるけどさ！　ほんとお姉ちゃんは勝手すぎるよ！

子供の頃からずっとそう。普段はめちゃくちゃ要領がいいくせに、魔法のこととなると途端にこれなんだから。未《いま》だに私の家に居座ってるしさ……。

別にいいよ！　私のこと都合のいい召使いくらいにしか思ってないだろうし！

あーせいせいする！　……まあ、ちょっぴり寂しいけど。

絶対に言わないけど。

○月☆日
毎日のようにお姉ちゃんから手紙が届く。

それ自体はとっても嬉《うれ》しい。

嬉しいんだけど……その内容は大体いつも同じってどういうこと!?

ルーク君はすごい、とか。アリスちゃんすごい、とか。闇魔法ハンパない、とか。

ずーっとこんな感じ！　それはもう分かったから、ちょっとはお姉ちゃんの近況も書きなさいよ！

それと、半分以上『ヤバい』で埋め尽くされたものは手紙って言わないから！

さっさと帰ってきなさいよこの魔法バカー！

◇月○日
お姉ちゃんが『ギルバディア』に行ってから約一年、やっと帰ってきた。

やったー！　……うん、正直嬉しい。なんだかんだ寂しかったから。

でもさ……帰ってきてそうそう『三年くらい教師やることにしたからよろしくねー』っ

て何ッ⁉

いやいやいや、急すぎるにも程があるでしょ！

……はぁ、我が姉ながらその自由奔放さにはほんと呆《あき》れます。

何となく分かるよ。どうせ、その闇属性を発現させたルークって子が原因なんでしょ。

もう……受験もまだでさ、本当に受かるかも分からないのに気が早すぎるよお姉ちゃんは。

それに、一応うちはすごい魔法学園なんだよ。

なりたいって言って教師になれるほど甘くは……いや、なれちゃうんだろうな……お姉ちゃんなら。

なんだかんだいって、私のお姉ちゃんは『魔法騎士』にまで登りつめた凄い人だから。

家ではあんなにぐーたらしてるのに。めちゃくちゃ頑張って魔法騎士になった私とは大違い。

でも、好きなことには本当どこまでも真っ直《まっす》ぐで、一切の妥協をしない。

そういうところだけは心から尊敬しているよ、お姉ちゃん。

△月△日

今日はアスラン魔法学園の受験当日。

うん……ルーク君、ほんとすごかった。

お姉ちゃんがうるさいくらい毎日話すもんだから気になっていたんだけど、あれなら確実に受かってると思う。

実技試験はどれも一瞬で決着がついちゃって、魔法自体はあまり見られなかったのは少し残念。

ただ、あの子はお姉ちゃんと同じ本物の才能の塊だと思う。

いい属性を発現させても、それを使いこなす魔法の才がなければ意味がない。

でも、いるんだよね。どっちもとんでもない才能を持っている特別な人って。

ただ……最初からなんでもできちゃう子ほど、意外と打たれ弱かったりするから心配なのよね。いや、だからこそ私たち教師が支えてあげなきゃいけないってもの！

よし！　なんだかやる気でてきた！

……なのだけど、私って子供とってても大好きなのにめちゃくちゃ緊張しやすくて、どうにも堅苦しい感じになっちゃうんだよね……。

なんか、クールぶっちゃうというか。

学園での私のキャラ、もうそれで固まっちゃっているという悲劇……。

ううん、弱気になってはダメよフレイア！

今年こそ！　今年こそはもっと生徒に寄り添い、気軽に何でも相談できるような先生に私はなるんだから！

こうして、私の担任デビュー計画が始まったのである。

なんてね。

×月＃日
ついに、ついに、ついに！

一年の担任教師をすることになった！　やったー！

めちゃくちゃ嬉しいんですけどー！

憧れだったんだよね、担任教師。本当に嬉しい。

……でも、ちょっと不安。

この学園、決して楽しいことだけじゃないし……なんといっても序列制度のせいで、みんなすっごく殺伐としちゃう。

毎年一年目で転校しちゃう子がでてきちゃうんだよね……。

うわー、考えたらどんどん不安になってきたー、どうしよー。

私にできるのかな。生徒に話しかけられたら、未だにめちゃくちゃ緊張しちゃって口調とかも凄く堅苦しい感じになっちゃうのに……。

不安すぎる。なんか盛大に失敗しそうな気がする。

参考にならないだろうけど、後でお姉ちゃんに相談してみよっと。

◎月〇日
明日。

いよいよ明日、新入生の登校初日。ふ、不安すぎる……。

なんか今日それればっかり考えていたせいか、学園でも小さな胃の痛みをずっと感じてた。

凄く痛いわけじゃなくて、ずっと小さな痛みを感じ続けるタイプの地獄。

助けてお姉ちゃん。いや、いつも快眠そうで羨ましいことです。

ちょっとは不安がってよね……。

お姉ちゃん、人に何かを教えるのお世辞にも上手いとは言えないんだから。

天才って嫌だよねー。なんでも感覚で理解しちゃうんだから。

子供の頃お姉ちゃんに勉強見てもらったり、魔法を教えてもらったりしたことあったけど……本当に何一つ分からないんだもん。

勉強の方は情報量が多すぎ。

周辺知識やその発展的内容も一気に教えるから頭がパンクしかけるの。

魔法に至ってはさらに最悪。

なんか『ここはグワンッだよ！　シュルルンじゃなくて！』という擬音語の連続。

なんなの本当に。その感じでなんで論文は書けるの。

天才の感覚だけは一生分かりません。

はぁ……でも、お姉ちゃんのこと考えてたら少しだけリラックスできたよ。

ありがと。

◎月×日
やばい……やばい、やばい、やばい、やばい、やばい、やばい、やばい、やばい、やばい、やばい、やばい、やばい、やばい、やばい、やばい。

本当にやばい。今日、担任としての初日。いきなり序列戦をやった。

ルーク君とアベル君、序列一位と最下位の二人。この時期だからこそ許される序列戦。

なんかテンション上がって学園の許可なく勝手に認めちゃったからすっごく怒られたけど、全く後悔はしていない。だって二人とも本当にすごかったから！

もうとにかくやばかった！　まず……なんで二人とも剣で戦うの!?

そこから意味が分からなすぎ！　いや、アベル君の場合は理解できるかな。

強化魔法の重ねがけ。未知の塊のような子。

本当にすごいよ。でも、まだ魔法に振り回されている感じがあった。

動きが直線的すぎ。剣に対する魔力纏いもできてない。

これはいずれ魔道具で補えるとしても、魔法を斬る《断魔》もできていないのは致命的。

その剣士としてのスタイルを確立するなら絶対に必要。

うん、課題がたくさん。でも、とても楽しみ。

アベル君、そしてルーク君はいずれ『魔法使いは魔法のみで戦う』という常識を変えてしまうのかもしれない。そう――いうなれば『魔法剣士』かな。

そして、ルーク君。この子は……やっべぇ。本当にとにかくやっべぇ。

課題は多いにしたってアベル君の『速さ』は大きな脅威。

目で追えなかった。私なら超広範囲の魔法で迎撃する。

いや、それができる属性魔法使いなら誰であってもそうすると思う。

どんなに速くても、逃げる場所をなくしてしまえばいいから。

なのに……ルーク君はシンプルに剣で迎撃した！

しかも何の強化もなく！　もう意味が分からない。

剣を知らない私でもさすがに理解できる。ルーク君のそれが並々ならぬ技術だってことくらい。

そして最後に見せたあの闇魔法！　もう凄すぎて一瞬放心してしまったよ！

お姉ちゃんから聞いてはいた。闇は『吸収』という特性を持つって。

だけど、あそこまでなの⁉　見惚《みと》れて魔力操作による抵抗が遅れたせいで、半分くらい吸い取られちゃった。『魔法障壁』を展開していた魔道具も全部壊れちゃったし。

でも、お姉ちゃんがこの子に固執する理由が分かった気がする。

だって、一目で誰もが理解しちゃうくらい特別な子だもん。

あ、あと担任デビューは盛大に失敗しました。今年もクール先生キャラでいきます。

……憂鬱。

◎月☆日
授業が始まって数日たった。なんというか、すごく順調。

寮でも仲良くやってるようだし。序列がある以上、周りは皆ライバルでしかない。

でも、同級生とは協力しないといけない側面もあるのよね。

積極的に情報共有して高め合わないと、絶対に上級生には勝てないから。
まあ……いつの年も例外はいるんだけど。
それよりも、明日はミアさんとロイド君の序列戦がある。
一年生にとっては、国民に観《み》られた状態で行う初めての正式な序列戦。
不安だろうなぁ。何か私にできることはないものか。
というか、私は一年生の段階で序列戦を行うのは反対の立場なのよ。
絶対に二年生からでいいと思う。まずは心を育てるべき。
そうすれば一年目で転校しちゃう子も減るよ。
……私ごときじゃこの学園のシステムを変えられないのが悲しいところ。
でも、ミアさん！　ロイド君！　どちらも頑張れ！　応援してるからね！

◎月◇日
序列戦の結果、ロイド君の勝ち。
ミアさんは三属性を発現させた紛れもない逸材。
ポテンシャルの高さは決してロイド君に劣っていない。
でも今回は精神面の弱さと、多属性持ち特有の上達の遅れが大きくでたね。

結果だけ見れば呆気《あっけ》ないものだったけど、内容はとても良かったと思う。

きっと、この経験は二人を大きく成長させてくれる。

ロイド君は戦闘自体が上手いね。

三属性を扱えるミアさんよりも、どうしても選択肢が限られてくる。

だから、何かされる前に圧倒的火力で制圧する。シンプルだけど最適解だと思う。

とても理にかなっている。

ただ……ミアさんは心配。おそらく、彼女にとっては初めての大きな挫折。

大丈夫かな。声をかけようかとも思ったけど、今日はそっとしておいた。

今は何を言っても彼女の心には届かないと思ったし、私ならそっとしておいて欲しいって思う。

でも、明日は声をかけてみよう。

◎月□日
終わった、終わった、終わった、終わった、終わった、終わった、終わった、終わった、終わった、終わった、終わった、終わった、終わった、終わった。

今日、ミアさんが魔法修練場の使用許可を取りにきた。

立ち直るの早いなー、と思ったの。そのとき私、クール先生キャラの呪いのせいですっごく無神経なこと言っちゃったの。だから、謝りたくて見に行ったの。

そしたらさ、ルーク君がいてミアさんと何か話してた。

声までは聞こえなかったけど、普通でないことは明らかだった。

だって、途中でミアさんが泣き出してルーク君に縋《すが》りついたから。

好奇心に抗《あらが》えず夢中で見てたら、ルーク君がこっちに歩いてきた。

パニクって慌てて掃除用具入れのロッカーに隠れたのが運の尽き。——バレた。

そして、動揺しすぎた私は……『掃除用具を入れるロッカーに教師が隠れている。その蓋然性はとても高いとは言えないが、決してゼロではない。そこにこれ以上の事実はなく、これが現実であり真実なのだよ』……という、自分でも本当に意味の分からない謎発言を残して去ってしまった。

ああああああ！　私のイメージがあああああああ！

明日からどんな顔して学校に行けばいいのおおお！

お姉ちゃん助け——（文字が乱れて読めない）

第二章 ― 勇者と魔王

1

俺は自室の扉を開ける。中に入り、そのままベッドへ潜る。

枕に顔を埋め、これまでの疲労を吐き出すような深いため息をつけば、意識がひどく弛《し》緩《かん》した。

「……疲れた」

自然と口に出ていた。それはまさしく真情の吐露。

そう、俺は疲れている。すごく疲れているんだ。

「…………」

体を捻《ひね》り、仰《あお》向《む》けとなる。

ぼんやりと天井を見ながらゆるりと考えてみる。

なぜだろう、と。なんというか、いつも俺の想像の斜め上の出来事が起こるのはなぜだろう。思い返せば、アルフレッドさんに剣を教えてくれと頼んだ時からだ。

原作知識は未だ曖昧なもので、何となく登場人物を覚えている程度だが、少なくともアルフレッドさんは『たとえ悪に傾こうとも、私はルーク様が何を成すのか見たいッ!!』とか言うキャラではなかったことは確かだ。

というか、アベルに剣を教えるために執事辞めるんじゃなかったか?

次にアリス。

コイツも隙あらば『……ハァハァ』と息を荒らげるような奴《やつ》ではなかったはずだ。

もっとこう、悪役令嬢然としていたと思う。

いずれにせよ、あのパーティーの翌日に行った模擬戦。

アリスがおかしくなった原因は絶対にそれだ。

ヨランドに至っては本当に誰だ。

原作にこんな奴いたか?　まるで記憶にない。

あんな強烈なキャラ、忘れる方が難しいだろ。

「…………はぁ」

……やはり、そうなのか。

全ての元凶は――『俺』だというのか。

いや……もはや否定しようがない。

俺と関わった人間は本来の『キャラ』から大きく逸脱しているのだからな。

あまり関わっていないはずのフレイアの奇行が気になるが、こればかりは考えても仕方ない。何事にも例外はつきも……そうだ、フレイアはアメリアさんの妹だったか。

なんだ、例外でも何でもない。

結局、すべては俺の及ぼしたただ一つの改変による影響なのだ。

そう――『努力』したこと。

原作と異なる点などこれしかない。

ルーク本来の傲慢な性質も早々に受け入れたから、特に善人的な振る舞いをしたわけでもない。原作知識が曖昧だから、これから起こるイベントに先んじて策を講じる、なんてこともしていない。というかできない、そんなこと。

「………………はぁ」

本当にこれだけだ。努力しただけ。

たったそれだけで、なんでこうもおかしな連中がやたらと俺の周りに集まるんだ。

……いや、俺と関わったことでそうなってしまう……のか？

敗北すること。それは俺にとってのバッドエンドだ。幸せから最も遠いことだ。

一度でも負ければその挫折から立ち直ることができず、きっと陰鬱な人生となる。

だから前世の記憶を思い出してから今日まで、一切の妥協なく研鑽《けんさん》を重ねてきた。

何も間違っていない。しかし、だ。自覚しよう。

俺が努力するというただそれだけが及ぼす影響は、思いのほか大きいということを。

どれほど才覚に恵まれていようが、『ルーク』は学園編にしか登場しなかった……はず。

所詮その程度、だから甘くみていた。俺がこの物語に及ぼす影響を。

「……まあ、何も変わることはない」

そうだ、何も変わらない。

努力を続ければ、これからも面倒事は絶えないのだろう。

しかし、優先順位を見誤ってはいけない。

――『勝利し続けること』。

それが俺にとって最も重要なことだ。これだけは何があっても揺るがない。

だからどんなに頭を悩まされるようなことが起きようとも、強さの追求だけはやめてはならない。

…………何が起きようとも。

そのとき、脳裏に浮かんだのはミアのことだ。

何が起きようとも努力することをやめることはない……が、あんなことはもう二度とごめんだ。まあ、あれは俺の失態であると言わざるを得ないが。

まさに自分の利己的な目的ばかりを優先した結果だ。人間の『心』は未知そのもの。これまでの出来事の全てが、それを教えてくれていたというのに。

……思いだしたらまたわずかに胃のあたりが痛み始めた。

苦しいというより不快感の方が強い痛みだ。

この学園に来てから、俺は知らず知らずのうちに気を張り詰めすぎていたのかもしれない。

本当にいろんなことがあった。いや、ありすぎた。

そのストレスがミアの件をきっかけに、今になって胃にきたんだ。

これ以上考えるのはよして少し眠ろう。

そうしたら、きっと俺はまた頑張れる——。

2

「オラッ！　いくぜェアベルッ！」

「はい！　お願いしますッ！」

ブラッド先生の合図と同時、魔力操作によって剣に魔力を纏わせる。

最近は寝る時間以外の全てをこの練習に費やしている。……だけど、本当に難しくてどうしても――

「何度も言ってんだろッ！　魔力操作に意識を割きすぎだッ！」

「――ッ」

眼前に迫った炎の矢。

すんでのところで横に飛び退《の》いた。

あ、危なかった……あと一瞬、反応が遅れていたら直撃していた。

「戦闘はもう始まってんだぜッ!?　目は常に俺に向けてろッ！」

「オラッ！　どんどんいくぜッ！　思考を止めんじゃねェぞッ！」

「はい！」

見るんだ。

よく見て、考えて、予測する。

「――《断魔》ッ！」

ブラッド先生から最初に教わった、〝魔法を斬る〟という技術。

これは魔法を発動できない剣士にとって、対魔法使い戦では欠かすことのできない最も重要な技術と言っていた。

魔力操作や魔道具によって、剣に魔力を纏わせることで可能となるらしい。

……でも、魔力だけではなく……まったく別の力を使っているような――

「――ッ！」

意識の隙間を縫うように迫っていた炎の玉をすんでのところで躱《かわ》した。

馬鹿か僕はッ！　今は戦闘中だぞッ！

ブラッド先生の容赦のない魔法の連続。

避ける、避ける、そして斬る。

少しずつ、少しずつ距離を詰める。焦るな、考えを止めるな。

動きが単調になっていないか。次、ブラッド先生は何をしてくる。
相手をよく見ろ。考え続けろ。
「──『身体強化』！」
まずは一段階。
ルーク君と戦ったとき、僕は一気に自分の限界である『身体強化』を発動した。
だけど、それじゃダメだ。遅すぎるんだ。
なぜかルーク君は待ってくれたけど、遅すぎて明確な隙となってしまう。
「──『身体強化』！」
だから一段階ずつ。焦っちゃダメだ。
よし、これで二段階！　躱すのもだいぶ余裕が出てきた！
今の僕が完全に制御できるのはここまで。でも、十分だ。
予測を繰り返し、避ける。そして《断魔》で斬る。今はこれだけに集中する。
ブラッド先生との距離が次第に縮まっていく。そしたらいつも先生は──
「オラッ！　『炎の壁』だッ！」
やっぱり……！
僕が唯一使える強化魔法『身体強化』は、魔法を斬る《断魔》とも相性がいい。

より強い斬撃は、より大きな魔法を斬れるから。

「――《断魔》ッ！　……え」

「まだまだ甘ェなアベル」

ブラッド先生の『炎の壁』を斬り裂いた。

すると、目の前に先生の拳があって――

§

「いてて……」

「このくれェなら大丈夫だと思うが、痛むなら神官とこ行っとけよ」

「だ、大丈夫です……」

あれから何度も挑んだけど、結局一度も勝てなかった。ブラッド先生は騎士の家系らしくて、剣士ではないんだけど剣に詳しい。

だからアドバイスがいつも適切で分かりやすいんだ。……口はちょっと悪いけど。

でも……楽しいなぁ。師匠との修行は力を高めることに重きをおいていた。でも、ここではその力の使い方を教えてくれる。だからどんなに痛くてキツくても……新鮮で楽しいんだ。

ただ、やっぱり今の僕があるのは師匠との日々があったからこそ。

師匠がいなかったら、スタートラインにすら立てていなかった。

本当にありがとうございます、師匠。

「……なんつーか、アベルお前、時々かなり危うい雰囲気になるぜ」

ブラッド先生の声が僕を現実へと引き戻した。

「そ、そうですかね？」

「そうだ。……別に興味ねェから聞きはしねェけどよ。あんま焦るなよ」

「……焦る」

ブラッド先生の言葉の意味に少しだけ引っかかりを覚えた。

僕に『焦っている』という自覚はなかったから。

「あぁ、どうも俺にはお前が焦ってるように見える。もっと言えば、強くなることに固執しすぎだ」

「そう……かもしれないです」

「必死になるのはいい。だが必死になりすぎて焦っちまうとこう……視野が狭まっちまう。馬鹿な選択をするのは、大抵そういう心に余裕のねェ奴《やつ》さ」

「…………」

確かに……そうかもしれない。

僕は『強さ』に焦がれている。どうしようもなく。

「いいか、この学園が少数の生徒しか受け入れない理由が分かるか？　――全力で育てるためだ。ようは、俺ら教師もマジってことだぜ？　だから一人で抱えこむなよ」

あぁ、そうか。――ほんと、僕は恵まれているな。

「ありがとうございます……！」

「……アァ、柄にもねぇこと言っちまったッ！　今日は終わりだ！　もう行け！」

「は、はい！」

シッシッ、とブラッド先生は僕を追い払うように手を振った。

口は悪いし、実際ちょっと怖いけど、とてもいい人なのはとっくに知っている。

僕は出口に向かう。そして、もう一度振り返って頭を下げた。

「ありがとうございました！」

「……オウ、またな」

それから扉を開け、魔法修練場を後にする。

ブラッド先生との訓練はかなりハード。

今すぐ横になりたいぐらいには疲れているし、歩くたびに全身が少しきしむ。

でも、その全てが心地いい。たぶん充実してるからだろうね。

この学園に入学できて本当によかった。みんないい人ばかりだ。

僕以外はほぼ全員貴族だし、もっと馬鹿にされるものだと思っていたけど全然そんなことなかった。

まあ、それだけみんな自分のことで精一杯ってことかもしれ――

「――――」

フレイア先生だ。

曲がり角から現れ、そのまま僕の進行方向に歩きはじめた。

えっ、気づかれなかった？　ぼ、僕……そんなに影薄いかな。

さすがにちょっとショック……。

「――――」

ん、フレイア先生……ブツブツとなんか言ってるかも。考え事でもしているのかな。

だったら話しかけない方が……いや、挨拶もせず無視することの方が良くない……よね！

僕はちょっと早歩きして、フレイア先生との距離を詰めた。そして――

「あ、あのっ！」

ちょっと大きめの声で話しかけた。そうじゃないと、気づいてもらえないと思ったから。

でも、それが良くなかったんだと思う。

「――ぴゃうッ！」

先生は奇声を上げ、持っていた資料を盛大にぶちまけてしまった。

ぴ、ぴゃう……って何？　いや、そんなことより！　やってしまった！

ぼ、僕が話しかけてしまったばっかりに――

「――アベル」

未だヒラヒラと資料が舞い散るなか、フレイア先生は腕を組み、何一つ動じる様子なく悠然とそこに立っていた。

そのどこまでも冷たい、凍《い》てつくような目を僕に向けながら。

「教師を驚かせ、その反応を楽しむ。実に良い趣味をしているなアベル」

一瞬、何を言われたのか分からなかった。

フレイア先生と違って、僕は途轍《とてつ》もなく動揺していたから。

遅れて気づく。とんでもない誤解をされていることに。

「ち、違います！　そんなつもりこれっぽっちもなくて、あの、ただ挨拶をしようと思って……」

「……ほう、挨拶。ならば、挨拶程度で驚いてしまった私が悪いと言いたいのだな？」

「いえいえいえ！　悪いのは僕です！　あ、その、えっと……」

「──まあいい。散らばった資料を集めるぞ。手伝え」

「は、はい！」

フレイア先生……怖いなぁ。

ちょっとアリスさんに似た雰囲気というか……どうも苦手なんだよなぁ。

僕と先生は散らばった資料を集め始めた。

「……ところで、アベル」

フレイア先生が話しかけてきた。それだけで心臓が跳ねる。

「な、なんですか……？」

「お前は……その、何か聞いているか？　例えば、そう、例えばなんだが──私のことをルークから何か聞いていたりしないか……？」

それは全く心当たりのないことだった。

嘘《うそ》をつく必要もないので、僕は正直に答えた。

「えっ……ルーク君からですか？　特には何も……ルーク君、あまり自分から喋るタイプではないので……」

「ほ、ほかの生徒はどうだ？　何か言っていなかったか？」

なんかフレイア先生の気迫が怖い……。

「い、いえ……ないと思います」

「そうか……」

その時、フレイア先生が安堵《あんど》したように笑った……気がした。気のせいかもしれないけど。

そんなことを話しているうちに、散らばった資料を集め終わった。

「近々、アリスとロイドの序列戦が行われる。少しでも上に行きたいと思うなら観《み》ることだ」

「わ、分かりました」

「では私は行く。——教師を驚かせて楽しむのは程々にな」

「だから違いますよ……！」

僕はフレイア先生の後ろ姿を見送った。

なんというか、フレイア先生はやっぱりちょっと怖い――だけど、悪い人ではないと僕は思った。

3

――学園長室。

そこへ足を踏み入れた時、まず目に飛び込んでくるのは二つの対照的な絵画だ。

一方には慈愛の光に包まれ幸せを享受する人々が、もう一方は暗澹《あんたん》たる闇の中でもがき苦しむ人々が描かれている。

全体的に豪華絢爛《ごうかけんらん》という様子はまるでない。むしろ質素な印象を受ける。

しかし、この空間には確かな上品さがあった。

「ふぉっ、ふぉっ、ふぉっ。新入生がこの学園で学び始め、早二ヶ月か。面白くなってくる頃じゃのぉブラッド」

「爺《じい》さん、悪い顔してるぜ」

「……ここでは学園長と呼べと何度も――」

「はいはい学園長。ったく、誰もいねぇんだからいいじゃねぇか」

「今年は特に一年生が注目されているのぉ」

「あぁ、すでに『異名』をつけられている奴らもいるな。まだ一、二回しか序列戦やってねぇのに、随分と気に入られたもんだぜ」

「数ではないのじゃ。真に才ある者は、自然と周りを惹《ひ》き付けるもの。儂《わし》は、何も不思議なことではないと思うのぉ」

序列戦は国民に公開されている。

それゆえに娯楽としての側面が強く、様々な理由によって人気を博する生徒が出てくるのはある種必然のことだろう。

それが強さであれ、賢さであれ、情熱であれ、人気を博した生徒はいつしか『異名』がつけられるようになった。そして、すでに一年生の中にも異名をつけられ次の序列戦を待ち望まれている生徒もいるということだ。

――【氷の女帝】アリス

――【蒼炎の獣】ロイド

――【小さな雷神】ミア

時として、大きな力は人々を魅了し熱狂させる。一年生に限定すれば上位の序列であり、彼らは誰の目から見ても特別だ。

それは、魔法について理解の浅い者が見ても分かるほどに。

しかし――今最も注目を集めているのは彼らではない。

「クク、【勇者】アベルたぁ……良い異名じゃねぇか」

ブラッドは静かに笑った。その表情には、隠しきれない喜びと誇らしさが含まれている。

そう、もはや序列最下位ではなくなったアベル。彼こそが今最も注目を集める存在なのだ。

アリス、ロイド、ミア。

彼らは紛《まご》うことなき逸材だ。それは疑う余地のない真実。

だが、ここは魔法の才ある者が集うアスラン魔法学園。

逸材ならばいつの年もおり、悪い言い方をすれば観客は見慣れている。

そんな中現れたのが——アベルだ。

属性魔法が使えないというあまりにも分かりやすいディスアドバンテージ。

強化魔法による圧倒的身体能力と剣術という至ってシンプルな力。

この学園では異端な高貴とは程遠い身分。

良くも悪くも、アベルには応援したくなる要素がてんこ盛りだった。

国民が観戦する中行われたアベルの序列戦はまだ一戦のみ。

入試の際に絡まれた因縁のある、ヒューゴとの一戦である。

『岩』という強力な属性により派手な魔法を乱発する彼に対し、剣一本で立ち向かうアベルの姿はさながら——【勇者】であった。

結果、アベルは初勝利を収め、彼の人気は爆発したのだ。

「属性魔法を使えんアベルくんには成果を上げてもらわにゃあ、ちと面倒なことになるからのぉ。そういう意味でも一安心じゃわい」

「はぁ……嫌だねー、学園長様は。そんなクソみてぇなこと考えないといけねぇんだから」

「ふぉっ、ふぉっ。何事も慣れじゃよ」

「そうかよ。だが、良いことばかりでもねぇんだよなぁ……まっ、今回ばっかは理解できなくもねぇけど」

「……ふむ、転校の件か。仕方ないことじゃよ。この学園はこれでええんじゃ」

アベルの勝利は一つの問題を引き起こした。それは、ヒューゴの『転校』である。

アスラン魔法学園に入学した時点で、アベルの実力を大半の者が認めている。

とはいえ、属性魔法を使えないことでどこか見下している者がいることもまた事実。

ヒューゴもその一人だった。

この学園において、上を見れば切りがない。ゆえに、自分よりも〝下〟がいることは心の安寧をもたらす。

しかしその反動が、より一層心を絶望に染め上げるのだ。今回のヒューゴの転校は、まさにその格下だと思っていた者に敗北したという絶望に起因するのだろう。

「まあ、この学園に戻るチャンスはある。今後の頑張り次第じゃなぁ」

「相変わらず冷たいねぇ。んで、今後も俺がアベルを見ていいのか？」

「もちろんじゃよ。君に任せて良かったと思っとる」

「そりゃどーも」

「ふぉっ、ふぉっ。随分と気に入ったようじゃしのぉ。取り上げて、暴れられても困るしのぉ」

「ばっ、ちげぇよ！　気合い入ってる奴《やつ》は嫌いじゃねぇってだけだ。——それじゃもう行くからな！　暇じゃねぇんだ俺ァ！」

ブラッドはそう言うと踵《きびす》を返し、扉へと向かった。

「そんじゃまたな、爺さん」

その言葉だけを残し、無遠慮に扉を閉めた。

「ふぉっ、ふぉっ。相変わらずブラッドは元気じゃのう。——あ、そうじゃ。今日はようやくルークくんの序列戦が見られるんじゃった。闇魔法、超楽しみじゃ〜♪」

§

「見てろ」

「うんうん！　めちゃくちゃ見てるよ！」

俺はアメリアさんに用意してもらった木片を手に取り、一つの魔法を発動させた。

「——『闇の暴食』」

瞬間、手のひらの上に小さな闇が現れた。

魔力がごっそりと抜ける感覚だけでなく、僅かだが身体に気だるさがある。

現時点においてはこれが限界だ。しかし、これはこの二ヶ月の集大成。

俺が膨大な時間を費やしようやく完成した魔法。生半可なものではない。

手に取った木片をその闇へと落とした。

すると――木片はゆっくりと闇に飲み込まれていき、最後には完全に消え失《う》せた。

「あ……あぁ……あああああぁぁぁ……ッ!!」

そう、俺の闇魔法が魔力だけでなく物質にまで影響を及ぼしたのである。

これは大きな進歩だ。自然と口角が上がった。

「――『闇は全てを飲み込む』……こういうことだったんだ……伝承は本当だった、本当だったんだァァァァァァ!!　やばッ!!　マジやばすぎだよルーク君ッ!!」

「あ、あぁ……」

予想してはいたが、アメリアさんは引くほど喜んでくれた。……本当に、引くほど。

まあ、俺がこの魔法を完成させられたのはアメリアさんのおかげでもある。

擬音語の多い教え方のせいでとてつもなく人気のないアメリアさんの授業、『属性魔法学【応用】』で得た知識が大きかった。

「今はこの程度だが、いずれは――おい」

「――」

目が完全におかしい、光が宿ってない。

小声で何か言いながら、口の端から涎《よだれ》を垂らし、高速で何かをメモっている。解釈の幅が広いとか、他者への影響がどうのこうのとか、ずっとブツブツ言っているのだからもはや恐怖だ。

「おい、聞いているのか」

肩を軽く叩《たた》く。

「……あっ、ごめん。えへっ、えへへへへ……ちょっと興奮しちゃって……」

「…………」

この人、とんでもなく優秀なことは疑いようもないんだが。

なんというか……何かが壊れている。それはもう出会った頃からずっと。

「そういえばルーク君、今日序列戦じゃなかった？」

「あぁ、つまらん相手だ」

「……一応、上級生だよね」

現時点における俺の学園全体での序列は八十一位。

魔法の研究が一段落ついたので、そろそろ序列戦でもしようかと思ったのだが……正直あまり乗り気ではない。

相手の情報はすでに得ている。一度ソイツの序列戦を見たが、特筆すべきことは何もない。

単なる水魔法の使い手だ。上級生は魔法そのものというよりも、魔法戦自体が上手いといった印象。しかし、闇魔法を使える俺にはまるで関係がない。

――まあ、面白そうな奴がいないわけではないが。

「え、あれ⁉　そろそろ時間じゃない⁉」

「あぁ、そろそろ向かうとしよう」

「……この余裕な感じ、ルーク君らしいというかなんというか。――でも、応援してるからね！　ぜ、絶対見に行くよ……えへへ……」

「…………」

名状しがたいが、とても恍惚《こうこつ》としたヤバい目をしている。

この人は一体どういう感情で見にくるのか。

純粋な応援……だけではないことは確かだろう。

§

ルークが闘技場に入場し、続いて対戦相手である二年の『ポルポン』が入場する。

たったそれだけで観客のボルテージは最高潮に達し、割れんばかりの歓声が響き渡った。

今年の一年生が例年に増して粒揃《つぶぞろ》いであることはすでに噂《うわさ》になっている。

だからこそ、一年トップであるルークへの期待は膨張し続けていた。

そして、ようやくその序列戦が行われるのだ。この熱狂の渦も理解できるだろう。

「……君の噂は聞いている。闇魔法を使う怪物だってね。すでに上級生の間でも話題になっているよ」

「そうか」

「……っ」

ルークの返答はそれだけだった。人を見下す感情を隠そうともしない。その目には何も映っていないのだから、ポルポンが苛立《いらだ》ちを覚えるのも当然だ。

(……やはり幼い見た目だ。本当に年上か？　だが、どうもひっかかるな。随分と前にも会っている気が……しなくもない)

ポルポンの苛立ちを余所《よそ》に、ルークが考えていたのはこの程度のことだった。

妙な既視感がある。だが思い出せない。

「でも……僕も負けられない。負けられないんだ！　何としても、何としても勝つ！」

「…………」

ポルポンの気迫のこもった声が響く。

その鬼気迫る様子は、ほんの少しだけルークの感情を揺さぶった。

（……気合いがすごいな）

だがやはり、この程度。これ以上の感情は何も無く、ただ淡々と勝利への思考が回る。

考えうる全ての状況を想定し、それら一つ一つに答えを出していく。

如何《いか》にして完膚なきまでに勝利を収めるか。ルークが考えているのはそれだけだ。

両者が距離を取る。誰もがその時を待った。

片や射殺さんばかりに相手を睨《にら》み、片やそれを嘲るが如《ごと》き薄い笑みを浮かべている。その様子はとても対照的だ。

ポルポンが杖《つえ》を構え、ルークは特別動くことなくそれを静観した。

会場の期待も際限なく膨れ上がっていき、そして――

「――始めッ！」

ついに火蓋は切られた。

瞬間、一つの魔法が発動される。それはルークによるものではない。

「――『飛行』！」

いい練度だ、と空中へと舞い上がるポルポンを見ながらルークは思う。

（初手の『飛行魔法』。それがもはや定石であることは既に知っている。――クク、俺も飛べるぞ？　お前とは少々異なるが）

ポルポンはすぐさま魔力を練り、次の魔法を発動する為《ため》に行動を開始する。

しかし、次はルークの番だった。


「――『闇の翼』」


ポルポンはルークが上級魔法である『飛行』を使えることを予想していた。

だが、その黒き翼は予想外。一瞬目を奪われ、僅かに魔法の発動が遅れた。――それは、ルークを相手にするにはあまりにも大きな隙だ。

「……え」

たった一度、羽ばたいた。ポルポンが認識できたのはそれだけだ。

気づけば、ポルポンの目の前に裂けたような笑みを浮かべるルークがいた。

もはや全く理解の及ばない出来事。

「グハァッ」

右頬への強い衝撃。それが単純に殴られただけであると認識する間もなくポルポンは墜落し、そのまま地面へと叩きつけられた。全身に激痛が走る。

それでも――ポルポンは魔法を発動させるための意識を途切れさせなかった。

負けてたまるか、何としても勝つ。それは勝利への飽くなき執念。

「喰《く》らえ――『水の竜王』ッ!!」

ルークに並の魔法は意味を成さないということを、ポルポンは知っていた。

ゆえに小細工はなし。放つは己が最強の魔法。

水より生み出されし竜王は天へと昇る。憎き敵を穿《うが》たんとして。

「……ほう、いい魔法だ」

自身の何倍もの巨躯《きょく》を誇る竜の王が迫ろうとも、ルークが笑みを崩すことはなかった。

むしろ心を満たすのは自身の想像をほんのわずかに超える魔法への歓喜。

しかし、それだけだ。

「――『闇の太陽』」

微塵《みじん》も脅威は感じない。

ルークの手のひらに生み出された小さな闇の太陽。

それは、恐ろしい程にあっけなく竜の王を吸い込んでしまう。それが養分となったかのごとく、その小さな太陽は巨大なものへと成長を遂げた。

あまりの出来事に会場が静まり返る。驚愕《きょうがく》、興奮、そして抗《あらが》えぬ期待。

次は一体何が起こるのか。何を見せてくれるのか。

静寂の後に歓声が爆発したのは、瞬《まばた》きすることが億劫《おっくう》に感じる程にこの戦いが人々の心を惹《ひ》きつけたからに他ならない。

「……そん……な……」

「クク、良い顔をするじゃないか」

ポルポンの顔から一切の表情が消えた。

滾《たぎ》らせていた闘志、決して折れぬはずの執念。

それらがみるみるうちに失われていく様は、ルークに得も言われぬ悦《よろこ》びを抱かせた。

「そうだな」

人々の目を釘付《くぎづ》けにしていた巨大な闇の太陽が突如として消失した。

誰もが唖然《あぜん》とするなか、ルークは次の魔法を発動させる。

「確か、こうだったか？　――『水の竜王』」

水の竜王が現れた。

もはや、絶望という言葉すら生ぬるかった。
この魔法を習得するために、一体どれだけの時を費やしただろう。
言葉などなく、ポルポンはただそれを見つめることしかできなかった。
（あれ、おかしいな……僕の魔法……のはずなのに……）
間違いだった、戦おうと思うことすら愚かだった。心が暗く澱む。
この瞬間、ポルポンの戦意は完全に失われた。
「はっ……はは……は……」
ポルポンは乾いた笑みを浮かべた。
「アッハッハッハッハ！」
迫りくるは己が味方のはずの水の竜王。全てを諦め、ポルポンは目を瞑《つぶ》る。
心底楽しそうなルークの笑い声だけが、鳴り止《や》むことなく最後まで響いていた。

§

希少属性であるがゆえに、大半の国民にとって『闇魔法』は馴染《なじ》み深いものではなかった。

そのため、あの場で誰しもが思い描いたイメージがそのまま異名となったのである。

――【魔王】

闇を纏い、邪悪な笑みと共に敵を葬るその姿は正しく魔王であった。

この日を境に、ルークの強大な力に魅入られた熱狂的ファンが加速度的に増えていくこととなる。そしてそれが、彼を王にするというヨランドの計画を後押ししてしまうことになるのは、言うまでもないだろう――。

第三章　逃れられぬ痛み

1

俺は王都で小さな店をやっている。羽振りは……ぼちぼちってところだ。

今日は午後からは妻に店を任せ、アスラン魔法学園に向かう。

絶対に見逃せない一戦があるからだ。たいして遅くはならないだろうが、終わったら何か買って帰ろう。妻にご機嫌でいてもらう為にも……。

待ちに待った今日、序列戦を行う一年のトップ『ルーク・ウィザリア・ギルバート』

……本当に楽しみにしていた。長年、アスランの序列戦を見てきた俺には分かる。今年の一年は半端じゃない。

最初に見たのは【蒼炎の獣】と【氷の女帝】の戦いだった。俺は上級生の派手な魔法戦を見慣れているから、正直そこまでの期待をしていなかった。

だが、蓋を開けてみればどうだ。まさに衝撃だった。

純粋で圧倒的なあの炎がそのまま闘技場の熱気へと変わったのを、今でもはっきりと覚えている。

そして、その炎もろとも全てを凍りつかせた【氷の女帝】。

震えたよ。凄《すご》いなんて言葉じゃ、とても表現できないほどに。

——なら、一年のトップは？

しばらくして、【小さな雷神】の初勝利と【勇者】の誕生という、観客を熱狂させた序列戦があった。俺自身、どちらも声を嗄《か》らしてしまうほど興奮したよ。

しかし——だからこそ俺はどうしても見たかったんだ。

こんなに凄い奴《やつ》らのトップは、いったいどんな奴なのだろう。見たい、早く見たい。

その期待は日に日に大きくなるばかりだった。……なのに、なかなか行われない。

なぜ誰も挑まない。とんでもない実力者が揃《そろ》っているというのに、どうして——。

その答えが今日、明らかになるんだ。

観客用入口から闘技場に入り階段を上れば、かなり早めに来たというのに既に大半の席が埋まっていた。辺りを見渡し、空いている席のなかで最もいい場所に腰を下ろす。

「お、やっぱりアンタも見に来たか。さすがに見逃せねぇよな！」

隣から声をかけられた。

見れば、そこに居たのは見知った顔だった。

「ブッチョさんじゃないですか！」

顔馴染《かおなじ》みが居た。街で小さな酒場を営んでいる方で、俺と同じく無類の序列戦ファン。

闘技場で何度も顔を合わせるうちに仲良くなったのだ。

しばらく談笑して時間を潰す。お互い序列戦好き同士、話に花が咲くのは半ば必然であった。そうこうしていると——

「えー、これよりー、第七十二位『ポルボン・レヴィ・ディーネ・ミレスティア』対ー、第八十一位『ルーク・ウィザリア・ギルバート』の序列戦を行いますー」

だらけているような、力のない声で響き渡る前口上。

今回の実況はハズレだなという思いを抱きつつ、それに反して俺の興奮は最高潮に達した。他の観客も同じようで、闘技場が揺れんばかりの歓声が沸き起こった。

「いよいよだぜぇ！」

「ええ！　いよいよですね！」

二人が入場する。その姿を見て、これから起こることへの期待がますます膨らんだ観客のボルテージがより一層上がった。

「あれが……」

そこで初めて俺はルークという少年を見た。

瞬間、自分でもなぜだか分からないが、ある確信めいた感情を抱いた。──『悪』である、と。

彼は絶対に『善』ではないという、驚くほどはっきりとした感情が俺の心を支配したんだ。

「──始めッ！」

しかし、試合が始まればそんなことは一瞬にしてどうでもいいものとなった。

そのあまりに理不尽な魔法を前に俺は言葉を失った。

なんだあれ……なんなんだあれは……ッ！

子供の頃、俺は竜と遭遇したことがある。後々、その竜はまだ生まれて間もない幼体だと分かったんだが、あのとき感じた体中の血液が逆流するかのような根源的恐怖を今でも鮮明に覚えている。

ただただ生物としての格の違いを感じ、死を待つしかないのだと強制的に理解させられたあの悪夢から立ち直るのには何年もかかった。

偶然通りかかった冒険者が命を救ってくれなければ、俺は今ここにいないだろう。

なぜなのかは分からない……が、それに極めて近い強烈な激情が俺を満たした。だがそれは酔いしれるような熱で、決して恐怖ではない。

それほどに、呼吸することすら忘れるほどに、この戦いは凄まじかった。

「アッハッハッハッハ！」

その邪悪な笑い声を聞きながら、俺は思う。――『魔王』だと。

吟遊詩人の謳《うた》う物語に出てくる悪そのもの。その強大な力をもって世界を恐怖に陥れるという、魔を統べる王。

本当にそんな存在がいるのかは分からない。

だが、もしいるのなら……きっとこういう存在なのだろうと俺は確信してしまっている。

あぁ、もう推しとかどうでもいいッ！　俺はこの少年がどうなるのかが見たいッ！　どうしようもなく見たいッ！

気づけば闘技場の誰もが立ち上がり、惜しみない拍手を送っていた——。

§

時折送られてくる恐ろしく分厚い両親からの手紙だったり、どう考えてもひと月では使い切れない仕送りだったり。二ヶ月もすれば様々な問題が浮き彫りとなる。

しかし、なんだかんだ慣れるものだ。

俺の場合、大抵の問題は問題となりえない。常人が苦労することであっても、俺にとっては造作もないこと。……のはずだが、未だ俺の胃はキリキリと痛む。

そして、今まさに——

「……は？　王子だと？」

「ええ、そうよ。昨日、あなたが倒したのはこの国の第二王子。……王宮のパーティーで何度も会っているはずだけど、本当に他人に興味ないのね」

「………………」

——さらなる悩みの種ができた。

当たり前のように俺の隣を歩くアリスにまったくもって言い返せない。……どうでもいいと思った人間のことだけはどうしても覚えられないというのは事実だからだ。

それにしても……あのまるで年上に見えない、低俗な表現をすれば『ショタ』が第二王子だと。まあ、在籍していても不思議ではない。この国の王族ならば魔法に優れていて当然か。

……というか、名前に『ミレスティア』って入っていた気がする。

「はぁ……」

なんだか嫌な予感がする。

何もなければいいと思う反面、どうせ面倒なことが起きるのだろうなと諦めている自分もいる。

「だ、大丈夫……ルーク」

「……あぁ」

なぜ、この俺が諦めているのか。

それは、アリス同様に隣を歩くミアの存在がとてつもなく大きい。

この二ヶ月の間にミアは『雷瘉の鎧《よろい》』を完成させた。まだ練度は低いにも程があるが、短期間でよくやった方だろう。

そして、いつもアベルにくっついているリリーという女に序列戦において初勝利を収めた。今はロイドへのリベンジに闘志を燃やしている。

ミアは俺の『駒』。これは喜ばしいことだ。

しかし、俺は思った。――今、駒なんてものは必要ないなと。

きっかけはアリスの兄、ヨランドという気持ちの悪い男だった。

実際、今後はそういった俺に忠実に従う存在も必要になるのだろうが、それは今じゃなくていい。他に時間を費やすべきことが多すぎる。

俺が直接導いたことでミアは大きな力と勝利を得た。確実に敗北という恐怖から遠ざかったと言えるだろう。ゆえに、最低限の義理は果たしたと考えた俺はミアに告げたのだ。もう、『駒』を辞めていいと。

結果、何が起きたか。――大号泣である。あのアリスですら言葉を失う程のガチ泣き。

校舎にいる時に告げた為《ため》、その場に居た教師や生徒がみんな集まるというプチパニックとなった。……本当に意味が分からない。

確かに弱った心につけこんだのは俺だ。だが、特に優しくしてやったわけでもない、むしろぞんざいな扱いをしたはずだ。期間的にもたいしたことはない。

なのに……なぜこんなことになってしまうんだ。

この俺をして……まったくもって原因が分からない……。

「…………」

横目でミアを見る。

なんというか、瞳の奥が暗く澱《よど》んでいる気がするのは俺の思い過ごしだろうか。

アリスも最初こそ突っかかっていたが、今となっては何も言わなくなった。もはや三人でいることが普通になりつつあることが恐ろしい。……だが、悪いことばかりではない。

これは父上からの手紙で知ったことなのだが、夏に、隣国である帝国にて『剣聖祭』なる大きな催しがあるらしい。剣の腕に自信のある各国の強者達が一堂に会し、頂点を決めるというものだ。

恐らくはアルフレッドが父上に教えたのだろうが、実に素晴らしい。是非とも参加したい。なんとしても参加してやる。とりあえず、担任のフレイアにでも確認しておくか。

……ただ、あの日のフレイアの奇行が頭から離れない。普段はとても厳格な性格なだけに、脳裏に深く刻まれてしまっている。

なぜ、ロッカーに隠れる必要があったのか。意味が分からなすぎる。

そんなことを考えているうちに学生食堂が見えてきた。中に入り、そのまま適当な料理を取って適当な席に座る。たったそれだけの行動であるにも拘《かか》わらず、周囲の視線が鬱陶しい。

元々はこうじゃなかった、と言えば嘘《うそ》になる。俺が闇属性を発現したことは入学前から知れ渡っていたしな。ただ、昨日の序列戦のせいか今日はより一層強く視線を感じる。

まあ、有象無象共など心底どうでもいいが。

「あっ、ルーク君！　一緒に食べよ！」

「…………」

食事を始めようか、という時に声がした。——アベルとリリーの二人だ。

当たり前のようにアベル達は俺の対面に座った。これも、俺が理解できないことの一つだ。

本当に一切理由は不明だが……気まぐれに餌をあげてしまった子犬のように、アベルがどんどん俺に懐いてくる。今となっては、こうやって当たり前に俺と食事を共にしようとするほど。

もう、拒絶することすら疲れた。

なぜだ……一体俺がコイツに何をしたっていうんだ……。

「昨日の序列戦見たよ！」

「……そうか」

「うん、本当に凄かった……僕も頑張らないとなぁ」

「ミア、必ずリベンジするから今に見てなさいよ！」

「……いつでもどうぞ」

「フン！　余裕かましちゃって！」

「底辺同士の醜い争いね」

「な、なんですってーッ！」

……うるさい。着々と俺の周りが騒がしくなっていく。

クソッ、この俺でもどうにもできないことがあるというのか。ふざけるな、そんなもの。ない。あるわけが……ない。……今は疲れているから甘んじて受け入れてやろう。

「ねぇ、ルーク。――あれ」

その時、アリスが目で方向を示しながら俺に耳打ちしてきた。見れば、一人の生徒がこちらに歩いてくる。それが誰であるのか瞬時に理解した俺の心には、海のように深い悲しみが広がった。歩いてくるのは――ショタ王子『ポルポン』だ。

やめろ……これ以上俺を面倒事に巻き込むのはやめろ。

待て、決めつけるのはまだ早い。この辺に用があるだけの可能性も――

「……ルーク君」

――なかった。

分かっていたさ。俺は面倒事に巻き込まれる才能にも恵まれているってことはな。

「恥を忍んで君に頼みがあるッ！」

「断る」

「なっ！　そ、そんな……」

「………………」

え、打たれ弱っ。めちゃくちゃしょんぼりしている。

「……で、でも、ここで諦めることはできない！　どうか、聞くだけ聞いてみてはくれないか！」

妙に覚悟の決まった目をしている。引き下がる気はなさそうだ……。

加えて、この異様すぎる光景は嫌でも注目される。

俺はさっさとこの状況を終わらせたかった。

「……言ってみろ」

「ありがとう！」

ゆえに、とりあえず聞いてみることにしたのだが――

「――僕に魔法を教えて欲しい！」

……すごく後悔した。

これほど訳の分からんことを言われると誰が想像できる？　俺にできなかったのだから、誰であろうと不可能だ。

最高の設備、英知の詰まった書物、そして一流の教師。こんなにも多くの選択肢があるなか、なぜ俺なんだ。

「そこに居る『ミア』という少女に君が魔法を教えていたことは知っている。そして、たった一ヶ月で信じられないほどの成長を遂げたことも。その理由を、昨日の序列戦で理解したよ。――どうか、僕にも魔法を教えて欲しい！　僕は……どうしても序列一桁にならなきゃいけないんだ！」

……ここで、そんなことが影響してくるのか。

ミアを『駒』にしようなどと思ったことが発端となり、悪役貴族である俺にこの国の王子が魔法を教えてくれとか言い出した。……なぜだ。

「僕は仮にも王族だ。その僕がルーク君に師事しているという噂《うわさ》はすぐに広まるだろう。この事実はきっと君の名声を高めるはずだ。……ど、どうだろう？」

「………………」

……まったく、俺の行動はどうも予期せぬ事態を引き起こすようだ。

つくづくこの世界に愛されていないな。――まあ、だからどうした。

運命など、いくらでもひっくり返してみせよう。

この学園は実力が全てだ。王子だろうが、序列戦によって俺の方が上であると証明された以上礼節を重んじる必要などない。

「消え失せろ、小虫が。誰がお前な──」

「嫌だ！」

「消え失せ──」

「頼むよ……」

「消え──」

「うぅ……」

「…………」

……え、なんでコイツは今にも泣き出しそうなの……ふざけるなよ。

俺はただ断っているだけだろうがクソッタレ。……畜生が。とりあえず場所を移して、話を聞いてみるしかないのか……。

だが、状況はさらに混沌《こんとん》を極める。ミアの爆弾の如《ごと》き発言によって。

「──私は、ルークの『駒』になったから教えてもらえたんだよ。王子様も、ルークの

『駒』になればいいと思う」

ミアの目には一点の曇りもありはしなかった。

そうすることが万人にとっての幸せであると、心から信じているかのように――。

「こ……ま……?」

当然、困惑するショタ王子。

もう……疲れた……うっ、胃が……。

2

アベルとリリーがいると話が余計ややこしくなるとルークは判断し、解散させた。

事情を知るアリス、ミア、そして今回の悩みの種であるポルポンだけでこれからの話をすべきだろう。

ただ、ルークには不満な点が一つあった。それは――

「――なぜ俺の部屋なんだ……」

「ほんとだわ。ルークの部屋に入っていいのは私だけだというのに」

「お前は黙っていろ」

「ご、ごめんなさい……ハァハァ」

「ルークの部屋……落ち着く」

「お、お邪魔するよ」

狭くはない一室とはいえ、ルークには無闇に人を招き入れる趣味など無い。

凄まじく不愉快だが、これから話す内容を考えれば妥当なのか、と一秒にも満たない一瞬だけ考えた。しかし――

(やはり俺の部屋である必要があるとは思えん。……まあ、いい。一刻も早く終わらせよう)

「思い出した……よく見たら君、レノックス家の者じゃないかい？」

「……そうですけど」

精神的には既に疲労困憊《ひろうこんぱい》であるルークを余所《よそ》に、突然そう言い出したのは今回の元凶たる王子ポルポンだった。

「王派閥の者に気づくのが遅れるとは、王族として恥ずかしいよ」

「――王子様、そんなことを話しに来たのではないんじゃないですか？」

ミアからはひどく冷たい雰囲気が溢《あふ》れた。さらに面倒な方向に話が進みそうな気配を敏感に感じ取り、ルークは小さくため息をつく。

「……関係無くはないさ。貴族派閥の筆頭たるギルバート家、その嫡男であるルーク君に僕が頼み事をするんだからね」

ポルポンの表情がやや険しくなった。

ミレスティア王国には三大貴族と呼ばれる大きな力を持った侯爵が三人いる。ゴドウィン侯、ドラモンド侯、そして――ギルバート侯である。

そのうち、ゴドウィン侯とギルバート侯が手を組み作り上げたのが貴族派閥であり、王家に恭順するドラモンド侯を含めた貴族達が属するのが王派閥だ。

二十年前までは激しい権力闘争が起こっていたのだが、今となっては落ちついている。――ルークが生まれたことにより、クロードが完全に野心を失ったからだ。

「……そうね。私がアリスに突っかかっていたのも、子供の頃からそういったものを見てきたからかもしれない。無意識に貴族派閥の人間を嫌っていたのかな。――でも、そんなことはもうどうでもいいの……フフ」

（……怖っ）

静かに嗤《わら》うミアを見て、ルークの背筋に得体の知れない恐怖が走った。

レノックス家は王派閥、ロンズデール家は貴族派閥に属する有力貴族だ。表面上の争いごとは減ったとはいえ、両派閥の確執は根深い。

ゆえに、ルークやアリスと共に行動するミアの姿を見て、ポルポンは少しだけ驚いたのだ。

「今更だけど、さすがに拙《まず》いんじゃないかしら。王子様がルークに頼み事をするなんて」

「……もちろん、よく思わない人間は多いだろうね。でも、背に腹はかえられない。僕は何としても序列一桁にならないといけないから……それと、今の僕は一学生。王子様はやめてほしい。気軽にポルポンと呼んでくれないかな？」

「そう、ならポルポンと呼ぶわ」

「……え」

「なに？」

「い、いや……」

（いきなり呼び捨て……先輩もなし？　一応、上級生ではあるんだけど……）

なんの躊躇《ためら》いもなく呼び捨てにするアリスに、ポルポンは面食らった。

「それで、ポルポン」

「……え」

（ルーク君まで呼び捨て……？　あれ、えっと……君たちは後輩なんだけど……）

「なぜ、序列一桁にこだわる？」

自分がおかしいのだろうか、とポルポンは思い始めていた。

が、ルークは構わず問いただした。

「……それは――」

ポルポンは少し躊躇いながら、それでもルークの目を見てはっきりと言った。

「父が、王が無能だからだよ」

その表情は苦悶《くもん》と怒りに満ちていた――わけではない。

むしろその逆。蠟燭《ろうそく》の火を吹き消したかのように、ポルポンの表情から一切の感情が消え失《う》せた。

「父は魔法を過信しすぎている。挙句の果てには、王位継承権を持つ者の中で、最も魔法に優れた者を次の王にするなどと言い出した」

ポルポンは静かに王国の未来を憂う。

「王国の抱える問題は少なくない。権力闘争のせいで貴族を掌握できておらず、貧困に喘《あえ》ぐ民は少なくない。外交面も問題が山積みだ。自重を知らない王国を敵視する国は多い。隣の帝国とは一見友好関係を築けているけど、それは国力に物を言わせた砂上の楼閣に過ぎない。魔法技術に至っては本当に致命的だよ。どれだけ魔道具の発展が遅れているのか気づいているはずなのに、魔法力そのものが優れているからと軽視している」

矢継ぎ早に語られたそれは王国の膿《うみ》。

圧倒的魔法力に胡座《あぐら》をかき、何年も見過ごされてきた解決すべき問題点である。

「僕はこの国を変えたい。その為《ため》には兄よりも優れた魔法使いとなり、王となることが最低条件。……だけど、今の僕じゃ兄に遠く及ばない。民のことなど何も考えていないあの人に、王位を継がせるわけにはいかないんだ。だから――伏してお願いする」

そう言って、ポルポンは頭を下げた。

王族である彼が頭を下げることの意味を理解できないルークではない。

「僕に魔法を教えてほしい」

刹那の静寂。そして――

「クク、お前は何を勘違いしている？」

　底冷えするような悪魔の声が聞こえてきた。

「王子様──俺は、俺が幸せであればそれでいい。この国のことなんざどうでもいいんだよ。お前の嫌悪する貴族の一人さ」

「…………っ」

　ポルポンは言葉を失った。

　その原因には確かに怒りもあった。ルークの言葉は、貴族としての責務を放棄するに等しいもの。国を憂う彼が怒りを覚えるのも当然だろう。

　しかし──違う。言葉を失った真の理由は、ルークの放つ得体の知れない迫力に圧倒されたからに他ならない。

「この国を良くすることが、俺の幸せの為に必要であるならばそうする。だが、現状ではそうは思えん」

「な、なぜだ……！　君も分かっているだろう？　さっき僕が言ったことは──」

「あぁ、分かっているさ。ただ、お前が思っているよりも遥《はる》かに、この国の『魔法力』は圧倒的だと俺は考えている」

「…………」

「安心しろ、自領くらいは完璧に統治してやる。他の領主よりも劣っていると思われるのは、我慢ならんからな」

ルークに愛国心など欠片《かけら》ほどもありはしない。この国を良くする為に、ポルポンを王にする為に自らの時間を割くなんて考えがあるはずもなかった。

そして何より、ルークにはこの状況の全てが本来起こりえないものであるという確信があった。

（この件は本来……何らかの形でアベルに頼むはずだったのではないか？　二人で様々な苦難を乗り越え、なんだかんだでポルポンが王になる……というのが正しい筋書きな気がする。……いや、確実にそうだろう）

そう、ありえない。

悪役貴族たるルークに、この国の第二王子であるポルポンが頭を下げているこの状況そのものが異様なのだ。

（まったく、どうとち狂ったらこんなことになるんだ……）

正規の物語ならば、ポルポンの兄とアベルが決闘するというイベントが発生するはずであった。アベルが勝てばポルポンを王に、負ければ二人揃《そろ》って退学という魔法契約を結び戦うのだ。

しかし、そうはならなかった。

ルークの指導によって、ミアが短期間で圧倒的成長を遂げたという事実をポルポンは目の当たりにした。加えて、直接戦ったことでその強大な力を肌で感じてしまったのだ。

そして——全てが狂ったのである。

「さあ、もういいだろう。目障りだ、さっさと消えろ」

「…………」

ポルポンの王としての資質は極めて高い。

もしもポルポンが王となり、有力貴族が一丸となってこの国の為に尽力したならば、ミレスティア王国は今よりも遥かに素晴らしい国となることだろう。

——しかし、如何に優秀といえども彼はまだ十六歳。若さゆえに一時の感情に身を任せ、誤った決断をしてしまうこともあるだろう。

『私は、ルークの『駒』になったから教えてもらえたんだよ。王子様も、ルークの『駒』になればいいと思う』

諦めかけたその時、ポルポンはミアの言葉を思い出した。

今の彼に縋《すが》れるものは、もはやそれしか残されていなかった。

「──僕が、君の『駒』になるなら手を貸してくれるのかい？」

「……は？」

ポルポンは焦っていた。

一年生を除けば序列は下位。魔法の才に恵まれた兄との距離が開く一方であるこの現状に、どうしようもない焦りを感じていたのだ。

そんな時、ルークと出会った。──いや、出会ってしまったと言うべきか。

己が魔法を、己以上の威力で放ってみせた怪物との邂逅《かいこう》。それはポルポンにとって、暗闇の中で見えた一筋の光。ゆえにこの現状を打開する唯一の方法は、ルークに魔法を教えてもらうことであると確信してしまう。

（最悪、魔法契約を提案してでも『駒』となろう。ルーク君は……根っからの『悪』ではないと思う。傀儡《かいらい》の王となってしまう危険性はある。けど、それならば僕の目が節穴だったということ。ルーク君の幸せを優先するという条件だけで道が開けるんだ。王になれず、何もできないよりは余程良い……！）

ポルポンは決断をする。

少し冷静になれば、それが決して正しいものではないと気づけたのかもしれない。

だが、今のポルポンには無理な話だ。


「僕はルーク君の『駒』になるよ……！　王族である僕という『駒』は、君の幸せの為に有効活用できるはずだ。だから、どうか頼む！　僕に魔法を教えてくれ！」


またしてもポルポンは頭を下げた。

だがルークからすれば、ポルポンがどうしてこのような正気とは思えない決断に至ったのか知る由もない。その姿はただただルークの心を酷《ひど》く掻《か》き乱した。

「……少し、待て。頭が痛い……あと胃も痛い……」

「だ、大丈夫ルーク⁉」

右手で額を、左手で腹部を押さえるルーク。しかし、負の連鎖は終わらない。

ルークが痛みに苛《さいな》まれている姿はミアの心をも酷く掻き乱した。

ゆえに、即座に治癒魔法を発動したのだ。——何度も。

「——『治癒《ヒール》』」

何度も、何度も――。

「――『治癒《ヒール》』『治癒《ヒール》』『治癒《ヒール》』『治癒《ヒール》』『治癒《ヒール》』『治癒《ヒール》』『治癒《ヒール》』『治癒《ヒール》』『治癒《ヒール》』『治癒《ヒール》』」

「待て、もういい……」

「う、うんっ」

「……やりすぎよ」

ミアの過剰治癒魔法を受けて尚《なお》、ルークの精神が癒《いや》されることはなかった――。

3

――『灰狼《はいろう》の爪痕』

リーダーである剣士『ザック』、重戦士『ジッペル』、盗賊『スフササ』、弓士『キゴン』の四人で構成される、Aランク冒険者パーティーである。

いや、ただの冒険者パーティーではない。

王国において、今最もSランクに近いAランク冒険者パーティーだ。

(……皮肉な話だな……まったく)

ザックは真に選ばれた『怪物』との邂逅によって、一度折れた。しかし、アルフレッドの計らいもあり立ち直ることができ、もう少しだけ冒険者をやってみようと思ったのである。

これまでは、ザックがガンガン前に出て戦い、他がそのフォローをするというスタイルだった。しかし、ザックは身の程を知った。だからこそ、ルークに敗北してからは足並みを揃えて戦うようになった。すると、以前より驚くほど良いパーティーとなったのだ。

――『状況を正しく把握し、的確な指示で周りを動かす』ということにザックは長《た》けていた。それは、ザックの望んでいた才能ではないのかもしれない。

だが、行き止まりだと思っていた壁を壊し、確かに道を繋《つな》げたのである。

「あ? どこか行くのかザック?」

「ちょっくら酒場にな。挨拶も兼ねて」

「おおッ! いいじゃねぇかッ! 先に一杯やっててくれや。あとから俺も行くからよッ!」

「おう」

今、彼らは王都を訪れていた。

ザックは宿に荷物を置き、着替えて酒場に向かう。彼の経験上、新たな地で交友関係を広げるには酒場が最適であるからだ。

これまでずっとギルバディアを拠点として活動していた為、王都を訪れるのは久しぶりのこと。

ザックはぼんやりとこの辺だろうという場所を歩く。しばらくすると、小さな酒場が見えてきた。古びた木戸だが、やたらと高級感が漂っているよりはこちらの方が気楽でいい。

今日はここにしようとすぐに決め、ザックは中へと入った。

「だっはっはっ！　次が待ちきれねぇよッ！」

「ほんとですね！」

酒の時間にしてはまだ少し早いからか、それともこの酒場の人気がないからなのか、客は三人しかいなかった。一人はここの主人と談笑しながらカウンター席で呑《の》んでおり、あとの二人は少し離れたところで小料理を食べている。

「はぁ……どうしたもんかなぁ……」

「さっきからそればっかり。しっかりする」

「そう言ったってなぁ……あの夜が忘れられなくてよぉ……」

「弱虫。意気地無し。小心者」

「……全部同じ意味じゃない？」

小料理を食べながらちびちびと酒を呑んでいる二人は、ここらでは見かけない布を頭に巻いている。おそらくはターバンと呼ばれるもの。

それはいいが、何やら哀愁が漂っており少々話しかけづらい。

「お、らっしゃい！　見ねぇ顔だな！」

そんなとき、タイミング良く主人が話しかけてくれたことで、ザックの足は自然とカウンターへと向かった。

「どうもご主人！　実は今日王都に着いたんだよ！　俺はザック、冒険者をやってる。よろしく頼むぜ。あと、エールな！」

「あいよ！」

慣れた手つきで木樽《きだる》ジョッキにエールが注がれていき、少しだけ荒々しくテーブルに置かれた。

「俺はブッチョ。あと、コイツは市場で店を出してるコルコだ。よろしくな！」

「よろしくお願いします、ザックさん」

「あぁ、よろしくな」

ザックはグビッとエールを流し込んだ。

「かぁー！　たまんないねぇ！」

「いい飲みっぷりじゃねぇか！　それでザック、アンタ何しに王都まで来たんだ？　あぁもちろん、言いたかねぇなら聞かねぇよ」

「いやぁ、構わねぇ。実は、『アスラン魔法学園』からお誘いがあってな。夏から特別講師やるんだよ」

「な、なんだって⁉　すげぇじゃねぇか‼」

「いやぁ、すごかねぇよ。元々決まってた奴《やつ》の都合が悪くなったってんで、俺はその埋め合わせさ」

「それでも凄《すご》いですよ！　寡聞にして存じませんが、有名な冒険者さんなんですか？」

「いやいや、ほんとに大したことねぇんだ俺は。ギルバディアを拠点に活動している、しがない冒険者だよ」

　謙遜したわけではない。ザックにとってそれは心からの言葉だ。

　世の中には本当の怪物がいると知っている。

　全てを見下す目をした、一人の少年が脳裏に浮かび――

「ギルバディア……ってことは『ルーク』を知ってるか？」

「ブフゥーッ！」

ルーク、その名を聞いた瞬間ザックはエールを吹き出した。

「な、なんで……その名前が出てくるんだ？　まぁ……知ってるといえば知ってるが……」

「おぉ！　やっぱり知ってんのか！　昔からすげぇ魔法使いだったのか気になってよぉ！」

「……は？　何言ってんだアンタ。ルークはすげぇ剣士だろ？」

「……は？　アンタこそ何言ってんだ。ルークはすげぇ魔法使いだぞ？」

「ん？」

「ん？」

本当に同じ人物の話をしているのか。

ザックがそんな疑問を抱いていた時、ちょんちょんと袖を引っ張られた。

「私もその話聞きたい」

後ろを振り向けば、ターバンを巻いた小さな少女が立っていた。そして、慌てたように
もう一人の同じくターバンを巻いた長身の男が走ってきて、ペコペコと頭を下げ始めた。

「いやぁ、すんません突然。コイツ礼儀ってもんを知らなくて。いつもこんな感じで人を
困らせちまうんですよ」

「え、あぁ……ちょっと驚いたが構わねーよ。アンタらも一緒に呑むか？」

「おぉ、いいんですか！　そいつはありがてぇ！」

客は少ないのにやたらと賑《にぎ》やかな小さな酒場。

そこでの会話はザックにとって驚きに満ちたものであった――。

第四章　泣き面に蜂

1

ギルバート邸、応接室。

現在、そこには四人の男の姿があった。

漂う雰囲気は和やかとは程遠い険悪そのもの。今まさに戦争の開幕が迫っているかの如く、息苦しいほどに空気が張り詰めていた。

「よく来たな、レノックス伯。それで、何用だ？　クク、それともまずは挨拶が必要か？」

「……不要だ、ギルバート侯」

表面上は取り繕っているが、レノックス伯からは隠しきれない苛立《いらだ》ちと敵意が溢れていた。それを、同席しているヨランドが薄い笑みで見守っている。

（うーん、これはギルバート侯が僕を呼ぶのも納得だなぁ。さすがに怪しすぎ。王派閥の有力貴族が一体なんの用だろうね……）

「内密に話したいことがあるのだが……なぜ、ロンズデール家の者がここに？」

「ギルバート家とロンズデール家の関係を知らぬわけではあるまい。お前の傍《そば》に立っているその男と何ら変わらんだろう。そのまま話せ」

「……いいだろう」

口ではそう言うものの、レノックス伯のはらわたは煮えくり返っていた。

尊敬の眼差《まなざ》しを向けられることが常であるはずの彼にとって、クロードの傲慢な言動はどうしようもなく鼻につくのだ。

「単刀直入に聞こう。――何を企《たくら》んでいる？」

「何を、とは？」

「しらばっくれるなッ！」

バンッ、とテーブルを叩きレノックス伯は立ち上がった。明確な怒りをぶつけられたとしても、クロードの表情には些細《ささい》な変化もありはしない。

むしろその様が愉快であると言わんばかりに薄い笑みを浮かべている。それがより一層レノックス伯の神経を逆撫《さかな》でした。

「その意図は未だ測れておらんが、侯が妙な動きをしていることは摑んでいる！　最近妙に貴族派閥に鞍替《くらが》えするものが多いことと関係ないとは言わせんぞ！」

「──クク、それで？」

「……何？」

「だからどうしたというのだ？　その元凶が私だったとして、お前に何ができる？」

「……ッ。この──」

クロードの悪びれる様子がまるでない態度に、レノックス伯は思わず失言しかけるが、辛うじてそれを飲み込んだ。しかし、収まることのない怒りのままに胸から一通の手紙を取り出し、クロードの前に突き出した。

「これも侯の仕業なのだろうッ！」

「……なんだこれは？」

「手紙だ！　アスラン魔法学園に通う、我が三女『ミア』からのな」

「──ほう」

刹那、クロードの脳内には幾つもの可能性が浮かんだ。だが、どれだけ考えても思い当たる節がない。つまり、これは自身の想定になかったものであるということ。

クロードは横目でヨランドを見る。が、ヨランドも小さく首を横に振った。

「……まだ、白を切るというのか」

レノックス伯は荒々しく中身を取りだし、ある一部分を指さした。そこにはこう書かれていた。

――『ルークにこの身を捧《ささ》げるつもりである』と。

それを確認した瞬間、ヨランドは反射的に自分の口元を隠した。歪《いびつ》な笑みを浮かべてしまっていることを、悟られない為《ため》に。

(素晴らしい……ッ！　ルーク君、君はなんて素晴らしいんだ……ッ！)

続く文には、それが認められないのなら家を出るという内容が記されていた。

ミアは理解していたのだ。三属性を発現させた自分が、レノックス家にとってどれほどの価値があるのかを。そういう強《したた》かさをミアは持っていた。

当然、レノックス伯が素直にそれを認める訳もなく、怒り心頭に発するままに全ての元凶と思われるクロードの元へとやってきたのである。ただし、彼の目的はそれだけではないのだが。

「まだ二ヶ月程しか経《た》っていないというのに、『この身を捧げる』などと言い出すのはあまりに奇妙な話ではないかッ！　クソ！　ミアは第一王子とドラモンド侯の嫡男の二人から縁談を持ちかけられていたのだぞ！　家を出られでもしたら、私の立場がないではないか……！」

その様子をクロードは内心で嘲り笑う。

（つくづく無能な男よ。そんな弱みを、貴族派閥の私に見せるとはな。……それにしても、さすがは我が息子よ！　王派閥の娘までも射止めてしまうとはな！　まあ、当然と言えば当然か。この私をも超えるルークに好意を寄せるのは、もはや自然の摂理というもの）

もしここが会談の場でなかったならば、クロードの顔はとても綻んでいたことだろう。しかし、他者に一分の隙も見せない彼がこの場でそのようなことをするはずもなく、表情が崩れることはない。そして、ただ淡々と思考は回る。

この状況において最も利がある選択肢はなにか、と。

そして、ヨランドもまた歓喜に打ち震えていた。世界が自分に微笑《ほほえ》みかけてくれているのだと確信する程に。

（クロード侯は優秀な人だ。きっと僕と同じ結論に辿《たど》り着く。――今ならば、確実にレノックス伯爵家を貴族派閥に寝返らせることができる）

王派閥の有力貴族を取り込むことができれば、ヨランドの計画は大きく進む。彼にとって、より世界が面白くなる。

まずは貴族派閥を磐石《ばんじゃく》にしてからと考えていたが、この好機を逃す手はない。

（それにしても……ルーク君はどうやったんだろう。たった二ヶ月でここまで心酔させるなんて……僕にもできない。フフ、君は本当に僕を楽しませてくれるね——）

ヨランドがそんなことを考えていると、項垂《うなだ》れていたレノックス伯がハッと顔を上げた。

「……だが、それはもう割り切った。今日ここへ赴いたのは、こんな話をする為ではない」

レノックス伯はため息をつかずにはいられなかった。

ここまでの話は、つい頭に血が上り零《こぼ》れてしまった愚痴のようなもの。

ならば、彼がクロードの元を訪ねた真の目的はなんなのか。それは——

「——ミアを貴殿の嫡男『ルーク・ウィザリア・ギルバート』の妻として迎えて欲しい」

そう、縁談に来たのである。

レノックス伯はクロードと対照的に、およそ子供への愛情というものを持たない人間であった。有能であれば家名の為に育てるが、無能であれば一切の躊躇《ちゅうちょ》なく勘当する。

——そういう人間だ。

だが、その冷徹さゆえにどこまでも合理的思考ができ、彼が今の地位と力を手にしているというのもまた事実である。

ミアは親の愛を知らずに育った。ゆえに、無意識に自身の価値を証明せずにはいられない一面をもっている。誰かに必要とされるために。誰かに振り向いてもらうために。

だからこそアリスと張り合い、そしてルークに『求められる』ことに執着するのだろう。

「クク、それはつまり——貴族派閥に鞍替えするということか？」

「そうだ、決断するなら早い方がいい。立場を失ってからでは私の価値が下がるからな。それに、悪い話ではなかろう？　すでに王派閥の貴族を何人か取り込んでいるな？　侯が何をしようとしているのか、その動向を完全に把握しているわけではないが、それくらいの事実は摑んでいるぞ」

ヨランドは思わず笑い出してしまいそうになるのを堪えるのが大変だった。

（うまくいきすぎて怖いくらいだよ。こんなに早く、レノックス伯をこちら側に引き込めるなんてね）

自身の想定を遥《はる》かに上回る都合の良い展開。人目がなければ、ヨランドは腹を抱えて笑い転げていたことだろう。

クロードは未だ返事をしていない。しかし、そんなこと聞かなくても分かる。これを断るなんてことあるはずが——

「——ふむ、考えておこう」

「……え？」

「……え？」

それは、ヨランドをして思わず驚愕《きょうがく》の声が漏れてしまうほどの衝撃。レノックス伯にとってもあまりに予想外だ。面食らってぽかんとしてしまう程に。

「……な、なにも正妻にしてくれと頼んでいるわけではない。側室でいいのだぞ？」

「ああ、だから考えておくと言っているだろう。二度も言わせるな」

「な……ッ！　何を考える必要があるのだッ！　コケにするのもいい加減にしろッ！　この私がここまで譲歩し、頭を下げているというのにッ！」

「勘違いするな。私が考えておくと言ったのはそんな理由ではない」

「ではなんだというのだ！」

クロードは優雅に紅茶を飲む。

その姿にレノックス伯は余計に苛立ちを覚えたが、今は言葉を待つ他ない。

「ルークに聞いてみないとな。──私は、同じ過ちを繰り返すほど愚かではない」

「………………………はあ？」

それは、子供への愛情が乏しいレノックス伯にとってはまるで理解できない言葉だった。

なぜ、自身の子供に聞く必要があるのか。全くもって理解できない。

レノックス伯はルークが希少属性である闇属性を発現させた時点で、貴族派閥に鞍替えすることを選択肢として考えていた。闇属性の発現により貴族派閥が大きな力を持つことは、あまりにたやすく想像できたからである。

ただ、恐ろしく合理的な彼だからこそ、クロードが返事を渋るとは考えもしなかった。それは驕《おご》っていたわけではなく、クロードの能力を認め、尚且《なおか》つ冷静に自分の価値を評価した上での考えだ。

しかし想像できないのも当然だろう。このクロードの考えは合理性から最も遠いもの。彼の優先順位は十五年前から明確に決まっていた。その頂点にあるもの——それこそが、ルークの幸せである。

ルークの幸せこそがどんなことを差し置いても実現しなければならない最優先事項。それが揺らぐことは決してありはしない。野心の炎が再び灯《とも》った今でも変わることはなかった。

しかし、クロードはミスを犯した。——アリスとの婚約である。

ルークのことが絡むと少々冷静な思考が失われてしまうが為に、早とちりをしてしまったのだ。クロードはその事実をルークの様子を見てすぐに気づいたが、何も言えなかった。ルーク自身が何も言ってこない理由を理解できないほど、愚かにはなれなかったからだ。

（もう私は間違えないからな、ルーク！）

ゆえに、クロードは決意する。

どんなことがあろうと、もう二度とルークにあんな表情はさせない、と。

クロードがルークに対して大きな愛情を抱いていることを、ヨランドは当然気づいていた。しかし——気づけなかった。

（まさか……ここまでだとはね……）

ルークの為ならば全てを投げ捨てられるというクロードの覚悟を。

そして、彼の子煩悩という名の愛情の深さを。

2

夜の終わりを告げる最初の光が世界を照らす頃、静かに空気を震わせていた一つの音が止《や》んだ。

「……朝か」

陽光がルークに朝の訪れを知らせた。

ただ無心に剣を振っていたら、いつのまにか夜が明けていた。

剣術の鍛錬をしている時だけは煩わしいことを考えずに済む。剣にのみ意識を向けていられる。普段から多くのことを考え、予期せぬ出来事に頭を悩ませるようになった最近は特に、ルークにとって剣を握っている時間は手放し難いものとなっていた。

（……刃のないこの剣が、時折凄《すさ》まじい鋭さを見せることがある。――本当に斬れてしまうほどに）

ルークは両の手で剣を持ち、改めて見る。しかし、やはり刃はない。

とても精巧な作りだがこれは修練用のレプリカであり、本物の剣ではないのだから当然だ。

（磨き上げた剣筋は、たとえ刃がなくとも鋭さを持つものだとアルフレッドは言っていた。しかし、これはもっと明確な――）

そこで、ルークの思考は止まった。

「さ、寒いね……ルーク君」

予期せぬ第三者に声をかけられたからだ。

「…………」

そう、剣を振っていたのはルークだけではなかった。

「なぜ、お前がいる。――アベル」

不必要な情報の一切が遠く消えさった恐ろしく深い集中。常人ではその領域に到達することすら難しいほどのもの。しかし、ゆえにルークは今の今まで気づけなかった。少し離れた場所で同じように剣を振る、アベルの存在に。

「……え。気づいていなかったの？　夜通しルーク君の隣で一緒に剣を振ってたんだけど……」

「…………」

「き、気づいてなかったんだね……」

ルークの様子からアベルは自分の存在感のなさを思い知らされ、少しだけ落ち込んだ。

とはいえ、彼なりにルークのことは理解しているつもりだった。きっと悪気は一切ないのだろうと勝手に解釈した。

（やっぱり、ルーク君は努力の人だな……）

自分は頑張ることしかできない。なのに、その頑張ることさえ負けていたら絶対にダメだ。

いつかルークに勝ちたいとアベルは思う。だが、それと同じくらい憧れてしまうのだ。

──その純粋で圧倒的な強さに。

「……なんだその気色の悪い目は。不快だ、消えろ」

「そ、そんなに変な目してた⁉」

相変わらず、無下に扱ってもなぜか向こうから寄ってくるアベルに名状し難い気味の悪さを感じ、ルークは自室に戻ろうと踵《きびす》を返した。

「あ、待ってルーク君！」

「…………」

だが、すぐさまアベルもルークの後を追った。

「あの、ルーク君。帝国で『剣聖祭』というのが毎年開催されているらしいんだけど、知ってる？」

「…………」

「僕も師匠から聞いただけで詳しくは知らないんだけど、各国の剣の達人が一堂に会して、最も優れた剣士を決めるんだって！　ワクワクするよね！」

「…………」

「そ、それで……どうかな？　良かったら一緒に見に行かない？　えっと、たしか時期は
──あれ、聞いてる⁉」

「…………」

「あ、あのぉ……ルーク君？　よかったら一緒に行──」

「……鬱陶しい」

無視しても話しかけ続けてくるアベルから離れるべく、ルークの歩く速度が上がった。

当然、『剣聖祭』のことは知っていた。それどころか出場しようと考えているほどなの
だが、ルークがそのことを語るはずもなかった。

3

──第三魔法修練場。

今、俺はルークと対峙《たいじ》している。

ようやく完成した新たな魔法を、誰よりも先にこの男に見せたかった。

追いついた、なんて思っているわけじゃねぇ。ただ、この魔法でどれだけ近づけたか知っておきたかった。

「どうした。さっさとしろ、ロイド」

「そっちの準備はいいのかよ……」

「クク、俺の心配をしているのか？　──あまり、図に乗るなよ」

「…………ッ」

ルークに明確な怒りの感情をぶつけられた。──ただそれだけで、心臓を握られたかのような戦慄が体を突き抜け、鳥肌が立ち足が竦《すく》む。たかが同級生であるはずなのに、強大な魔物を前にしているかのような重圧。

自分に嘘《うそ》はつけねェ。俺は心の底から認めちまってるんだ。……コイツには勝てねェって。

──ハハッ！

やっぱカッケェな。強ェ奴《やつ》はカッケェなちきしょうッ！

ほんと、この学園はシンプルでいい。強い奴が偉いという、バカな俺でも理解できることの分かりやすい世界は居心地がいい。

「……いくぜ？」

「あぁ、こい」

俺は……序列戦であの氷女に負けた。

アイツは嫌な女だ。俺が魔法の火力に自信があることを知った上で、シンプルな魔法の火力で捩《ね》じ伏せてきた。

単純にぶっぱなすだけじゃ、俺の炎はあの女の氷に勝てねェ。……少なくとも今は。

だが、いい。現時点において、氷女に劣ることを俺は認める。火力でリベンジを果たすことを諦めたわけじゃねェが、俺は他のことを模索するいい機会だと思った。

それに……単純に魔法をぶっぱなすだけじゃ、どのみち勝てねぇ。さらに先にいる、ルークには。

だから作ったんだ、この魔法を。

面ではなく点。広げるんじゃなく、魔力を一点に凝縮させて放つ。

「──『炎の閃光《せんこう》』ッ！」

とても細い一筋の炎が、真《ま》っ直《す》ぐルークを焼き尽くさんと凄まじい速度で飛んだ。

この魔法は広範囲の殲滅《せんめつ》が目的じゃねェ。一点突破、分厚い壁をぶち抜くために作った魔法だ。ルークの闇魔法は全てを吸収しちまう。だが、一度に吸収できる魔力量には必ず限界があるはずだ。

「――『闇の障壁』」

ルークが防御魔法を展開する。俺の炎がルークの闇とぶつかり、そして――貫いた。

そのままルークの頬《ほお》を掠《かす》める。

「……素晴らしい」

「は、ハハ……うっしゃァァアアアアッ!!」

俺は思わず拳を振り上げた。

やったぜッ！　やべぇ、超うれしい！　俺の炎がルークの闇を貫いたんだッ！

障壁を突破した後はかなり魔法が減衰していた。まだ完璧に魔力を凝縮できてもいねェ。課題なんて数えたらキリがねぇくらいだ。それでも、これはデケェ一歩だぜ。

「ふむ、なるほど。魔力を一点に集中させ放ったのか。単純だが良い魔法だ。重要なのは密度だな」

「さすがだぜッ！　一回受けただけでそこまで分かっちまうと――」

「――魔力感知とリンクさせ、従来の魔法障壁の無駄を削《そ》ぎ、範囲を絞った上で密度の高い障壁を作れば良いな。クク、これは『闇の加護』にも応用できる」

「……は？」

ルークが何を言っているのか、俺にはまるで理解できなかった。

「さて、もう一度だ」

「……そ、それはどういう――」

「今の魔法をもう一度放て」

「……分かった」

戸惑いはあったが俺は従った。自分より強ェ奴には従わなきゃならねェからだ。

わずかとはいえ、確かに俺の魔法はルークに届いた。――届いたはずだったんだ。

「――『炎の閃光』ッ！」

「――『闇の障壁』」

先程と同じ魔法。なのに、結果はまるで違うものだった。――俺の放った『炎の閃光』は、闇に飲まれて消えちまった。

「……タッハ」

なぜか笑いが込み上げてきた。ほんと、なんだよそれ。

初日、ルークの魔法を見てコイツは怪物だと思った。――まだ、俺の認識は甘かったらしい。俺の努力なんてのは、ルークにとってこんな一瞬で越えられるもんなのか……？

「ふむ、やはりか。要領は分かった。お前の魔法はこんな感じだろう？　――『闇の閃光』」

ルークの指先に集められた魔力の気配。似ていると思った。まさかと思った。

その瞬間、凝縮された闇が俺の頬を掠めた。

「…………」

俺は言葉を失った。そして――

「ハハ……ハハハハハッ!! やっぱりスゲェッ! お前は本当にスゲェなァ!」

込み上げてきた様々な感情は笑いとなって溢《あふ》れた。

あぁ……本当にカッケェな。

他の追随を許さねェこの隔絶された力ッ! クソカッケェじゃねェかよッ!

だが、つくづく思うぜ。――コイツを目指しちゃいけねェって、な。

§

「ありがとよ。また、頼むわ」

「あぁ、良い魔法だった」

魔法修練場を出る。

クク、まだ荒削りではあったが本当にいい魔法だった。やはりアイツは良いものを持っている。アリスやミアにも劣らないと、俺は思う。

……しかし、やはりつまらん。魔法は確かに奥深いのだろう。だが、やろうと思ったことがあまりにも容易くできてしまう。

なにより、魔法戦には剣のような駆け引きが少ない。あの血が沸き立つような、弱者が強者を屠《ほふ》りえる駆け引きが。まあ、これは俺の属性が『闇』であり、大抵の魔法を無効化できてしまうことに起因するのだから、仕方ないが。

やはり剣の方が――ん？

「…………っ」

そんなことを考えながら歩いていると、視線を感じた。振り向き、目が合うと逃げるように慌てて立ち去っていく。

紫色の髪をした女だ。見たことは……あるような、ないような。同じ一年にあんな女がいた気がしなくもない。……まあ、どうでもいい。

「おつかれ様、ルーク君！」

別の方向から、またしても声をかけられた。

見れば、そこにいたのはここ数日の俺の悩みの種――ポルポンだった。

「………」

「あ、待ってよ！」

どうもコイツからはアベルと似た鬱陶しさを感じる。いくら拒絶しようと無意味。いくら無視しようと付いてくる。……不快だ。

俺の部屋で話したあの日。この王子様は駒にしてくれなどとイカれたことを言い出した。

当然、俺は断った。……断ったはずなんだ。

なのに、諦めの悪すぎるコイツはあの日から絶えず俺の元にやってくる……。

……いや、多少は俺にも非がある。

ほんの僅かな興味で、王になったらどうするのか？　とコイツに尋ねてしまったんだ。

『よく聞いてくれたね！　まずは、国としての機能が保てるラインを考慮した上で、無能な貴族をお掃除するところから始めようと思う。何年かかるか分からないけど、この国が一枚岩とならないことには本当の意味で僕が考えている方策は何一つ実現できないからね。

――最初は『恐怖』による支配でいいと思っているよ』

――と、ポルポンは嬉々《きき》として答えた。

何気ない日常会話の如く発せられた『お掃除』という言葉。それが意味するのは、無能な貴族は爵位剝奪《はくだつ》、逆らうようなら容赦はしないということだろう。

この見た目からはまるで想像できない純粋なる冷酷さ。それが少しばかり面白く、感心してしまったのだ。……これが良くなかった。

コイツのしつこさを増長させてしまった原因がこれだ。

「……はぁ」

「どうしたのルーク君。疲れているのかい？」

「………」

実際、そう簡単な話ではない。

まず何人《なんぴと》たりとも歯向かうことのできない圧倒的武力が必要だ。その為《ため》には王派閥がより大きな力を持つ必要があり、コイツの言うように何年かかるか分からない。

それでも、国の為なら躊躇《ためら》いなく他人の命を奪えてしまいそうな、冷たい刃のようなその心は少しだけ面白い……と、思ってしまった。

そんな俺の様子に手応えを感じたのだろう。ポルポンが付きまとうようになった。

「………はぁ」

「本当に大丈夫かいルーク君？　だいぶ疲れているようだね。やっぱり僕という駒が必要なんじゃないかい？　そうすればこんなに疲れることも――」

――いや、お前のせいだバカタレ。

「あ、そういえば！　もうすぐ序列一位の彼女が魔法師団研修から帰ってくるよ。君はよく知っているよね。だって、彼女――エレオノーラはゴドウィン家の嫡女だからね」

「……ん？」

エレオノーラ……だと？

大して馴染《なじ》みのないはずのその名前に、なぜか俺は僅かなひっかかりを覚えた。

§

「明日も来てくれよカニスさん！　フェーリスちゃん！」

「あいよ～！　今日も美味《うま》かった！　またねご主人～！」

「……ご馳走様《ちそうさま》」

カニスと呼ばれた長身の男。

フェーリスと呼ばれた小柄な少女。

二人に共通しているのはターバンを巻いているということだ。

「たはぁ〜今日も食った食った〜」

「………………」

「あれ？　どしたのフェーリス、元気ないんじゃない？」

「………………」

「んー、また難しいこと考えてそうだね」

「……何も進んでない。あの日から。ずっと」

「ちゃんと進んでるよ」

「どこが」

「俺たちの『目標』は魔法だけじゃなく、凄腕《すごうで》の剣士でもあるってことを知れた。まだ真偽は定かではないけど、この情報には大きな価値があるよ」

「………………」

「まったく、そんな怖い顔しないで――」

その時、カニスは黒いフードを被った男が路地裏に消えていくのを見た。歩き方、そして何よりその雰囲気からすぐさま分かった。――同業者であると。とはいえ、自分たちには関係がない。むやみに絡む理由などない。

本来なら無視するところだが、

「今夜決行。――『闇』を確保する」

「はい」

優れた聴覚がその会話を聞き取ってしまった。ゆえに、無視できないものとなった。彼らの言う『闇』が何を意味するのかは容易に想像がつく。想像通りのものか確かめなくてはならない。

「――フェーリス」

「うん。聞いた。確認するべき」

「そうだね。だけど、俺の指示は絶対遵守。分かった？」

「……分かってる」

その言葉を最後に、カニスとフェーリスは闇夜に溶け込むように姿を消した――。

4

草木も眠る刻。

闇夜に紛れ、黒のフードを被った三人の男が走る。足音というものがほとんどない洗練された走りだ。

「最終確認をする。この魔道具は一定空間の魔力を阻害する。だが、効果時間は約五分のみ。その後、情報漏洩《ろうえい》のリスクを考慮し自壊する……とのことだ」

「ようは、失敗は許されないということっすよね」

「……把握」

「そういうことだ。タイムリミットまでに『闇』を無力化、『魔封じの枷《かせ》』を嵌《は》め拉致する」

「了解っすー」

「……承知」

向かう先はアスラン魔法学園併設の寮。本来、いくつもの魔道具による厳重な侵入者対策が施されているはずなのだが、どういうわけか、何一つ反応することはなかった。

男たちはそのまま寮に到着し、裏手に回る。そして扉に手を掛ければ、難なく開いた。

「――情報通りだ」

「うわ～、平和ボケもいいとこっすね～」

「黙れ、気を抜くな。我々に失敗は許されないのだぞ」

「あいあい。すんませーん」

軽口を叩《たた》く仲間を咎《とが》め、男は言葉を続けた。

「ここまでは情報通りだ。しかし不測の事態を想定し、寮内に侵入後すぐにこの魔道具を起動する。そこからは常に時間を意識しろ。いいな？」

「……承知」

「あいよ～、きっかり五分っすね。余裕っしょ」

「……同意」

「……アンタ、ほんと二文字以上の言葉しゃべらないっすね」

「では、行くぞ」

指揮を執る男が先頭に立ち、扉を開けた。中へ侵入し、宣言通り魔道具を起動する。

この魔道具の欠点は自分たちにも影響を及ぼしてしまうことだが、それは初めから分かっていたこと。問題はない。

ゆえに三人の男たちはすぐさま行動を開始した。最初に辿《たど》り着いたのは食堂である。

その通路に、警備員と思われる二人の男が不自然に倒れていた。息をしているので死んでいるわけではなさそうだ。

「…………」

それを見ても男たちに驚いた様子はまるでなく、一瞥《いちべつ》するだけで足を進めた。

闇に包まれた寮内を熟知しているかのように、その足取りに迷いはなかった。

そして、男たちはある部屋の前で止まり、目配せをする。――ここだ、と。

鍵が閉まっていたが、男は慣れた手つきですぐさま解錠に成功する。

再度目配せをしてから、男は静かに扉を開けた。

「あら、いらっしゃい」

「――なッ⁉」

小さなものではあったが、男は驚きのあまり声を上げた。ここにきて初めての想定外。

既に灯《とも》されていた小さな明かり。顕《あらわ》になるその姿は、悠然とベッドに腰掛ける銀色の髪をした美しい少女であった。戸惑いは一瞬。男の次の行動は早かった。叫ばれでもしたら、その瞬間失敗が確定してしまう。

殺さなければ。誰だか知らないが、今すぐにこの女の息の根を止めなければ。

いつの間にか右手に握られていたスティレットを、明確な殺意を持ってその銀髪の女に向け——ポトリ、と落とした。

「ふむ、やはり敵か。それさえ分かれば十分だ」

§

「……んん、なんだ」

ルークは無視できない違和感と共に目を覚ました。

未だ残る眠気、それに伴う不快感や苛立《いらだ》ち。それらがどうでもよくなるほどの、今まで味わったことのない強烈な違和感だ。

しかし、その原因はすぐに判明する。

常時発動している魔法の全てが、どういうわけか機能していない。

「……は？」

そして、全ての魔法が使えないことに気づく。明らかに異常事態である。

意識が覚醒するにつれ、より深く理解する。魔力が奪われているということに。

その瞬間、ルークの脳内には一つの可能性が導きだされた。それは――


「――闇魔法」


そう、これは全てを飲み込む己が魔法。自分自身が味わうのは初めてのことであったが、ルークには確信めいたものがあった。――しかし、今はどうでもいい。

プツリと線が切れたように、彼の思考は切り替わる。すなわち、現状への対処を始めた。

（魔法は使えない。なるほど、〝早い者勝ち〟というわけか。良い発見だ。だが、魔力を感じとることはできるな）

普段から感知能力と魔法をリンクさせているため、ルークの脳内には常に周囲の魔力の情報が流れ込み続けている。

ゆえに、彼の魔力感知は並の魔法使いでは想像もできぬほど恐ろしく精密かつ広範囲なもの。意識を研ぎ澄ます。すると、何者かがこちらへ向かって来ることは容易に分かった。

そして、小さくため息をついた。

「……またか……またなのか……」

最近、ルークはストレスを感じることが多かった。今、アリスが隣で寝ているのもそれに起因している。良くないと分かっていても、アリスを部屋に誘ってしまう回数が増えていた。

もっとも、彼のそれは誘うというよりも命令に近かったが。

よく知る面倒事の気配。この状況に対しルークが胃の痛みと共に抱いた感情は、『またか』という落胆と諦念に満ちたもの。しかし、ため息をつきながらも、思考はどこまでも冷静にこの不測の事態を対処すべく加速していく。

「おい、起きろアリス」

「……どうしたのルーク。フフ、まさかまたしたく――」

「黙れ、聞かれたことにだけ答えろ。お前、魔法は使えるか？」

「え、そんなの……あら？　使えないわ」

「そうか。少なくとも、俺だけというわけではないか。――まあいい」

ルークは身を起こし、机に向かう。そしてそのまま引き出しを開けた。

そこに入っていたのは一本の短剣。この学園に入学する際にアルフレッドから贈られた、本物の短剣である。それを見ながら、口元だけを歪《ゆが》ませた冷酷な笑みとともに、ルークはアルフレッドの教えを思い出していた。

『ルーク様、暗器の極意は『不意を突く』ことにあります』

アルフレッドから教えられた敵を殺す為《ため》の術。人道から外れたその教えに当時は困惑したルークであったが、今となってはそれすらも懐かしい。

(アルフレッドさん、あなたには感謝してもしきれませんよ)

短剣を抜く。

しばらく触っていなかったが、その扱い方はルークの身体が憶《おぼ》えていた。——ならば、何一つとして問題はない。

「そろそろ、お前にも分かるだろ? 何者かがこちらに向かって来ている」

「……ええ、そのようね」

「この状況だ。敵か味方かも分からん。お前は邪魔だ。さっさとどこかに隠れていろ」

「待って。私にできることはないの?」

「魔法が使えないお前に何が――」

「――囮《おとり》、くらいはできると思うのだけど」

「……は？」

この時、ルークは自らに少し驚いた。アリスを囮にするという選択肢を、無意識のうちに排除していたことに気づいたからだ。

（……確かに、アリスが囮となればより容易く不意を突ける。だが、なぜ俺は――いや、いい。これは今考えるべきことじゃない）

思考は回る。感情を捨て去り、ただ淡々とこの状況における最適解を導きだす。

（敵だと仮定する。一人ではなく複数。直線的にこちらに向かってくることから、これは場当たり的なものではなく、計画性のあるものと考えるべきだろう。いずれにせよ狙いは俺か。だが、あまりに情報が不鮮明だ。そして魔法が使えないこの状況。おそらくは闇魔法の使い手がいる。もしくは未知の力、または技術である可能性も捨てきれない。――どの道、俺が勝てなければ終わりか）

ならば、とルークは考える。

アリスを囮にし、意表を突き確実に一人殺す。

それこそが最も勝率を高める行動――であるはずなのだ。

（……まったく、いつから俺はこんなにも甘くなった）

合理的かつ冷徹な思考の片隅に、アリスを囮にすることを忌避する自分がいるのだ。

「大丈夫よ」

そんなとき、アリスが小さな声でそう言った。

「私はルークを信頼しているわ」

「…………」

アリスを見る。その目にあるのは、本当に一切混じりっけのない信頼。

（……馬鹿な女だ）

そう思いつつルークは笑った。

「分かった。――頼むぞ」

「ええ、任せて」

ルークは物陰に隠れ、魔力感知に意識を集中する。反応は三つ。魔力を遮断する術があり、こちらに偽りの情報を掴ませようとしている可能性も考慮。

着実に近づいてくる。やはり、この部屋へと向かってきていると確信。

地に耳を当てる。人数はやはり三人。速い、かつ足音が小さく無駄がない。――手練だ。

恐怖に足が竦んでもおかしくない状況。しかし、ルークの心はとても凪《な》いでいた。

初めて命の危険に晒され、強敵の可能性があったとしても、どこまでも傲慢に己の力を信じているからだ。

（――この程度、俺にとって危機とはなり得ない）

アルフレッドから貰《もら》った短剣を握り、ルークは少しだけ笑った。

（入学祝い、そして皆伝の証《あかし》……だったか。クク、こんな形で役立つとはな）

ルークの意識が切り替わる。ただただ冷たい心だけが残る。

そして――

「あら、いらっしゃい」

「――なッ!?」

やはり、とルークは思う。

この戸惑いこそが、この者たちの狙いがルークであったという証拠。

そのまま状況は加速する。男が明確な殺気を放ったことをルークは鋭敏に感じ取った。

スティレットを取りだし、それをアリスに向けた瞬間――

「ふむ、やはり敵か。それさえ分かれば十分だ」

瞬《まばた》きするよりも刹那。ルークは物陰から飛び出し、そのまま短剣で男の喉を斬り裂いた。

鮮血が宙を舞い、それがアリスを赤く染めた。

声にならない呻《うめ》き声を上げながら男が倒れ伏す。

(人を殺す。初めてのことだが、存外容易《たやす》い。——次だ)

ルークは横目に残りの二人を捉える。すかさず地を蹴り距離を詰めた。

「——ッ」

その男は無言のまま迎撃する。あまりにも呆気なく一人の仲間を失い、男に動揺がなかったと言えば嘘《うそ》になるだろう。それでも、長年の研鑽《けんさん》が反射的に身体を動かしたのである。

ルークの右目に向けて刺突。だが、それは首をそらすという最小限の動きで躱された。

再び衝撃。ありえない。明らかに素人の動きではない。情報と違う。あまりにも違う。

その僅かな動揺が命とりとなる。ルークの放った正確無比な左肩への刺突。

躱すことができなかった。男は腕が上がらなくなり、持っていたスティレットを落としてしまった。それでもルークの攻撃は止《とど》まることなく、続けて喉への刺突。

最後に無防備となった心臓を突けばトドメだ。

恐ろしく洗練された、流れるような三連撃の刺突である。

「……ガハッ」

二人目の男が倒れ伏す。

「聞いてない……こんなの聞いてないっすよ……」

残った三人目の男が後退《あとずさ》りする。その時、ルークの思考にほんの僅かに『拘束し情報を聞き出す』という選択肢が過《よぎ》った。だが、すぐにその考えは捨てた。

あまりに不確定要素が多いからだ。

『油断なきよう。追い詰めた時こそ慎重に、そして徹底的に――』

アルフレッドの教えが蘇《よみがえ》り、ルークは決断する。――殺そう、と。

そして男が懐に手を入れ、何かをしようとしたその時――頭に短剣が突き刺さった。

無慈悲な投擲《とうてき》。最期の悲痛な叫び声を上げる間もなく、即死である。

「…………」

ルークは静かに息を吐き出す。

そして、赤く染まった地に転がる死体を見下ろしながら、そのまま呆然《ぼうぜん》と立ち尽くした。

「ルーク、大丈……ルーク！」

アリスが駆け寄り大きな声を上げた。

それも仕方がない。突如として、ルークが崩れるように両膝をついたのだから。

ルークはそのまま両手までもついた。明らかに普通ではない。

「まさか、どこか怪我《けが》をしたの⁉　す、すぐにミアを——」

目立った外傷はない。

だが、念のためミアの治癒魔法で癒《いや》してもらった方がいい。

アリスは動揺する心のままにそう結論付けたのだが——

「なぜ……なんだ……」

ルークが小さく言葉を発した。

どうやら命に別状はなさそうだと安堵《あんど》しつつ、アリスは耳を傾けた。

「なぜ、こんな真夜中に……こんな奴《やつ》らが……いきなり襲ってくるんだァァァアアアアッ!!」

それは、これまで積もりに積もったストレスを全て吐き出すかの如《ごと》き、ルークの魂の叫びであった——。

§

ルークの魂の叫びは容易く全寮生の目を覚まさせ、この前代未聞の襲撃事件は明るみに出ることとなった。これはアスラン魔法学園創設以来初めての大事件であり、王国の民にも大きな衝撃を与えた。

そして――

「――さっさと、馬車を出せ」

ルークの父、クロード――ブチギレる。

第五章　運命

1

アスラン魔法学園学園長、『ロズワルド・マーリン・ゴールドバーグ』は静かに窓の外を見ていた。その視線の先は未だ夜の暗幕が上がっていない。しかし、多くの衛兵が忙《せわ》しなく走り回っている。

「……ルークくんは強い子じゃ。その強さに救われたということじゃの。まったく、情けない……」

それは誰に向けた言葉か。生徒を守れなかった己自身か、それとも――

――ドンッ、ドンッ

荒々しく響くノック音。入室許可の返答を待つことなく扉は開かれた。入ってきたのはこの学園の教師の一人、デュークである。

「爺《じい》さん、戻ったぜ。……死傷者、どころかかすり傷を負った者すらいないことが唯一の救いだな。……見てきたのか？」

「うむ、顔色一つ変わっとらんかったよ。それどころか、あれこれ心配する儂《わし》に鬱陶しそうな顔をしおっての……ふぉっ、ふぉっ、実に不愉快そうな目を向けおったよ。強い子じゃ」

「あぁ……襲撃者を返り討ちにしちまったらしいな。情けねぇ話だが、救われちまったのは俺らの方だ……」

「…………」

──ゴンッ！

鈍い音。ロズワルドが拳を壁に叩《たた》きつけた。

「──生徒一人守れずして、何が教師か」

「…………」

その言葉には確かな怒りと悔しさが滲《にじ》んでいた。いつも穏やかで、久しく見ることのなかったロズワルドの姿をデュークは無言のまま見守った。

「本当にいい度胸をしておるのぉ。――儂の学園でこれ程の無作法を働いた者には、必ず後悔させてやるわい」

「――ッ。やっぱ、気づいているのか」

「当然じゃ。伊達に長生きしとらんからのぉ。――今回の襲撃事件を手引きした『内通者』がいるんじゃろ？」

「あぁ……考えたくもねぇがな。じゃねぇと説明つかねぇことが多すぎる」

「……本当に考えたくないことじゃが、これぱかりはしかたない」

自身が信じている者たちの中に、裏切り者がいる。

珍しい話でもないが、それはとても辛いことだ。

「まぁ……そもそも学園自体がなくなっちまうかもしれねぇがな」

「そうじゃな。今回の失態を貴族派閥の者たちが黙っているはずもない。……いやじゃのぉ、こんな事を考えにゃならんとは」

「まったくだぜ。今回の襲撃事件で、忘れていたミレスティアの弱さが嫌という程浮き彫りになりやがる。……いや、見ねぇようにしていたのか」

「……うむ」

ロズワルドは自らの長い髭《ひげ》を触りながら、静かにデュークの方を振り返った。

その目に確固たる意志の光を宿して。

「――会議をするぞい。皆を集めてくれるかのぅ」

「あぁ」

そして、その言葉を最後に二人は部屋を後にした。

§

――その後。

己の運命を呪った俺の悲痛な叫びによって目覚めた寮生達が続々と集まってきた。

寮生といってもここは一年の寮。どこかの馬鹿がアベルに負けて転校した為《ため》、俺とアリスを含めて三十九名のみ。しかし、そこからは阿鼻叫喚《あびきょうかん》だった。

初めて死体を見たからか錯乱する者に泣き喚《わめ》く者。

それからゲロを吐き出す者、ゲロを吐き出す者、ゲロを吐き出す者――地獄だ。

「……眠い」

すぐに衛兵が呼ばれ、当事者である俺は事情聴取等を受けざるを得なかった。その為、ほとんど眠ることができないうちに夜が明けてしまったのである。

……考えることに疲れ、流れるままに聞かれたことに答えたが。よくよく考えれば、まずは俺の心身を考慮し休養させるべきだろう。——やはり、この国はクソだ。

「……すまない。これは学園の……我々の責任だ。お前達を守る立場でありながら、まさかこんなことが起きるなんて……どうして——いや、お前が無事で本当に良かった」

「…………」

「フレイアちゃん……そうだね。私たちは無意識のうちに、これからもずっと平和が続いていくと思い込んでいたんだよ……。どれだけ平和が続いたとしても、明日が平和であるかどうかなんて誰にも分からないのに……」

「…………」

——空気が重くてしんどい。

真っ先に駆けつけたフレイアに色々説明されたが、襲撃事件があったのは昨日の今日どころか数時間前。未だ教師陣も混乱しているらしい。

フレイアの話では、十中八九学園は無期限休校になるとのこと。そのため在校生全員が実家に帰ることになるだろうが、直《す》ぐにとはいかない。

そのため、学園側がそれまでの仮住まいを用意しているらしい。今は最高レベルの警戒態勢のもと、何十人もの王国騎士の護衛と共にそこへ移動中である。

まあ、無期限休校に関しては当然か。生徒が襲われるなんてことは、アスラン魔法学園創設以来初めてのことだそうだ。今回の襲撃事件は色々と衝撃的だっただろう。

そして何より謎の『魔力阻害』の件もある。魔法至上主義のミレスティア王国にとって、それは何十年と続いている平和を脅かしかねない。

今回の襲撃事件は、忘れていた危機意識を呼び覚ましたに違いない。

襲撃者の死体から『魔力阻害』の原因と思われるものは何も見つかっていない。『魔封じの枷《かせ》』は見つかったが、これは罪を犯した魔法使いを投獄する際に王国でも当たり前に使われているもの。襲撃者の目的が殺害ではなく拉致であったならば、何も不思議ではない。

魔封じの枷は直接身体に触れていなければ効果を発揮しない。ならば、やはり闇魔法か？

しかし、これは肌感だがあいつらからは優れた魔法使いの気配を感じなかった。

となると……いや、これは今考えても仕方ないことか。

確かなのは――『闇属性』と似たものを感じた、ということだ。

俺を狙ったのもこの点に何か理由があるのかもしれない。実際、アルフレッドから剣術を教わっていなければ為《な》す術《すべ》なかっただろう。

……だとすれば、原作通りなら俺は攫《さら》われていたというわけか。相変わらず原作知識は乏しいが、その後の展開は何となく想像がつく。攫われた俺は、なんだかんだでアベルに助けられるのだ。そして、弱者に助けられたという事実にプライドを傷つけられ、俺とアベルの確執がより深まる……といった感じだろう。

「……魔法が使えないのは、さすがに困るね」

「あぁ……そうだな姉上」

「え、姉上……？　いつもみたいにお姉ちゃんって――」

「――姉上、静かにしてもらえるか」

「…………」

こんな弱気なアメリアさんを俺は見たことがない。フレイアだってそうだ。

ふむ、この国の人間は魔法を封じられればこんなにも弱気になるのか。

これも、魔法に依存し過ぎていることの弊害だな。

「そ、そういえば……あのときアリスさんも血塗《ちまみ》れだったけど……」

「…………」

と、そんなことを突然言い出したのはアベルだ。

「……何を勘違いしているの？　あなたごときが気安く話しかけないでくれない？　私は

ルークほど優しくないの」

「ご、ごめんなさい……！」

「ちょっと！　何よその言い方！　この学園では身分なんて関係ないでしょ！」

「キーキーキーキー、うるさいのよあなたは。疲れているの。静かにしてちょうだい」

「な、なんですって⁉」

「ルーク……無事で本当に良かった。どこか痛いところない？　もしあるなら言って。すぐに治癒魔法で──」

「……あぁ、眠い」

アメリアさんやフレイアとは裏腹に、相変わらず俺の周りにいる奴《やつ》らは騒がしい。

極度に眠いせいか、やたらと声が響いて頭が痛い。

……アリスも俺と同様寝ていないはずだが、元気だな。

「いいわ。誤解がないように教えてあげる。ルークの悲鳴を聞いて、私は誰よりも早く駆けつけたの。愛する婚約者だもの。当然よね？」

「………………」

「でも、辺り一面に広がる血の海を見て動転した私は──すっ転んだわ」

「す、すっ転んだ……？」

「ええ、それはもう盛大にね。私が血塗れだったのはそういうわけよ。足りないその頭でも理解できたかしら？」

「う、うん……教えてくれてありがとう……」

「………」

……こんなデタラメなことを真顔でペラペラと言えてしまうこの女には驚きだ。

だが、俺がアリスを部屋に連れ込んでいた事が公になるのは色々とマズイ。アリスは盛大にすっ転んだことにしておこう。

「──ルーク君！」

すると、空から声がした。

とても聞き覚えのあるその声に、俺の心はさらに憂鬱な色に染まる。

──ヨランドだ。そのまま、ふわりと俺の傍《そば》に着地した。

「あぁ、本当に無事で良かった！」

「………」

ヨランドは両手を広げ、俺を抱きしめようとしてきたので──ペチンッ。

気持ち悪すぎたからビンタした。何も悪いことはしていない。正義は俺にある。

「気色悪い。俺にこれ以上近づくな」

「なっ……ハァハァ……ひ、酷いじゃないかルーク君。僕はただ君のことが心配で……」

「そんな……なんで兄さんなんかに……っ」

「…………」

気色の悪い息遣いをするヨランドと、何故《なぜ》か悔しそうなアリスを見て俺は思う。

この兄妹はこういう奴らだったな、と。

「ル、ルーク君。暴力はダメだよ……ヨランド先生は心配してくれているのに……」

「……ハァハァ」

「…………」

アベル、お前の目が節穴だってことはよく分かった。本当に底なしのお人好《ひとよ》しだ。

ここまでくると滑稽だ。

「アリスも元気そうで安心したよ」

「…………」

アリスは無言でヨランドを睨んだ。

「それにしても――」

しかし、その瞬間ヨランドの纏う雰囲気がガラリと変わった。

「王国騎士がここまで無能だとはね。君たちは、警邏《けいら》もろくにできないのかい？」

この場にいる王国騎士全員に聞こえるように、あえて大きな声でヨランドは言った。

誰からも反論の声は上がらない。苦虫を嚙《か》み潰したような表情をするのみだ。

「年々、騎士の実力は低下の一途。まあ、これは一概に君たちのせいとも言いきれないか。

──やっぱり、この国は一から作り直した方がいい」

「………………」

ヨランドが物騒なことを言っている気がするが、俺は無視してそのまま歩いた。

頭が働かない。眠い。早く寝たい。俺が願うのはたった一つ。

有象無象なんていくら襲ってきても構わない。返り討ちにすればいいだけだ。

だが、頼むから夜は眠らせてくれ……。

§

──事件からさらに数日後。

「ルーク……」

父上が王都へ到着した。馬車から降りてくるその姿は、見たことないほど弱々しかった。

「父上、ご心配をおかけして──」

俺の言葉は途中で遮られた。

とても強く、父上に抱きしめられたからだ。

「お前は私の宝だ……無事で、本当に良かった……」

「………」

アリスの婚約の件といい、時々よく分からない暴走をすることはあった。だが、俺の記憶にある父上は正しく完璧を体現したような人だった。

いつなんどきでも冷静で、威厳に溢れ、纏う雰囲気は絶対的強者のそれ。

「ご心配……おかけしました」

そうか。これが愛というものなのかもしれないな。――なんてことを考えたときだ。

父上から、殺気にも似た激しい怒りの気配を感じた。

「――さて、こんな無能極まりない学園はさっさと潰してしまうとしよう」

……ん、今なんて？

2

「潰す……と言ったのだ。それも完全にな。我が息子をこれほどの危険に晒《さら》した無能な学園など、必要ない」

父の目を見てルークは即座に理解した。

(まずい、父上マジだ……)

反論の余地などありはしない。

嘘《うそ》偽りなき怒りの炎が、クロードの瞳の奥で赤赤と燃えていたのである。

しかし――

「……お待ちを。父上、それは少々早計かと」

ルークは父に異を唱えた。

「ほう……珍しいな。お前が私に意見するとはな。クク、早計ときたか。いいだろう、聞かせてみなさい」

「ありがとうございます」

なぜ、とルークは思わなかった。かなり過激なものだが、父の怒りには正当性があると理解できたからだ。ただ――

（――ダメだ。断じて、ここで学園を潰されるわけにはいかない）

極めて傲慢な理由により、ルークの心に決して抑えることのできない激情が荒れ狂う。

それに対し、クロードは息子が自分に意見してきたことが嬉しくて仕方なかった。

これこそが親子であると頬が緩み、思わずニヤケてしまいそうになるのを必死に堪える。

目の前にルークがいるというのに、威厳を失うわけにはいかない。

クロードは、ただただ息子から尊敬される父でありたかった。

そのため、彼の眼光はむしろいつにも増して鋭いものとなる。息苦しい程の威圧感が見えない矢となり、ルークの身体のそこかしこに突き刺さった。

また、クロードの怒りが消えたわけではない。愛する息子を危険に晒したことへの煮え滾《たぎ》る憤怒が消えるはずもない。ルークの願いであるなら、クロードは可能な限り全て叶《かな》えたいと心から思っているが、こればかりは簡単に容認することはできない。

「学園を存続させるメリットは……三つあります」

「ふむ、三つか」

高速で巡る思考のなかで、ルークは気づけばそう口にしていた。そこに他意はなく、ただなんとなく三つ程度に纏めた方がいいと感じたからだ。

そう――それは、無意識に刷り込まれたロンズデール兄妹の癖。

「まず、アスランは王国最高の魔法学校であるということです。確かに、今回の失態は擁護のしようがない。私の手を煩わせる無能は死んだらいいと思っております。――ですが、この学園がこれまで何人もの優れた魔法使いを育ててきたこともまた事実。少数精鋭の教育、優秀な教師陣、序列制度……私の目から見ても、とても理にかなっているように思います」

「………」

「浮き彫りとなった警備体制の問題さえ改善すればいい。全てを壊してしまうのは、少々もったいないでしょう」

実際、今回の襲撃事件はどこで起きてもおかしくなかった。襲撃者の狙いは明らかにルークであったからだ。

それがアスラン魔法学園だっただけであり、ルークの進学先によって、どの魔法学校であってもこの襲撃事件は起きていただろう。

ミレスティア王国は圧倒的魔法力によって危険から遠ざかり過ぎた為《ため》に、危機意識が致命的に欠如してしまっていたのだから。悪く言えば、平和ボケしていたのだ。

「次に、今回の事件はギルバート家並びに貴族派閥の勢力をより大きなものとする絶好の機会となりうることです」

「……ほう」

「派閥を問わず、今回の件に対する貴族の怒りや不信は相当なものでしょう。――だからこそ、貴族派閥筆頭たる父上が事態の鎮静化に尽力すべきだと私は考えます。そうすることでアスラン魔法学園、王国騎士団、ひいてはミレスティア王家に対し小さくない『貸し』を作ることができます。必ずや、ギルバート家並びに我が派閥の利となることでしょう」

クロードは静かにルークの言葉に耳を傾けていた。そして――

「――素晴らしい」

ただただ感嘆した。

実の所、今ルークが述べたことはクロードも考えていた。

しかし、それは王位を狙う一人の野心家としての考え。父としてのものではない。

クロードには明確な優先順位がある。息子を危険に晒した無能共への腸が煮えくり返る思いに比べれば、野心なんて心底どうでもよいもの。

ルークを失えば、全ては何の意味もないのだから。

（さすがは……さすがは我が息子……ッ！　まずい……感激しすぎて涙が出そうだ……）

息子のルークが自身と同じ考えに至っていることへの喜びと感動。それは激しくクロードの心を震わせ、胸が熱くなった。気を抜けば涙が溢《あふ》れてしまいそうになるほどに。

「最後に……この学園は、私が誰よりも優れていることを証明する上で、高い利用価値があるということです」

「………………」

「……申し訳ありません、父上。これは私の我儘《わがまま》に他なりません。ですが、どうしても我慢ならないのです。私より劣った者が、私よりも優れていると思われていることが。ゆえに、序列一位となり証明したいのです。――この私こそが『最強』であると」

ルークの言葉を聞き終え、

「クク……フハハ……」

クロードは呟くように静かに笑う。そして――

「アーハッハッハッ！　それでこそ我が息子だッ！」

高らかに笑った。

そこには、ルークが我儘を言ってくれたことへの嬉しさも確かにあった。だが、それ以上にルークの気持ちがとてもよく理解できたのだ。

「自分より劣った者に見下される。――耐え難い屈辱だ」

やはり親子である、とクロードは思う。そして、ルークがここまで意志を伝えてきたのだ。もはやクロードに迷いはなかった。

「分かった。お前の言う通りにしよう。だが、警備体制には口を出させてもらうぞ」

「ありがとうございます、父上」

本当は、今回の件に対する怒りを多少は学園にぶちまけるつもりでもあるのだが、クロードはその事を口にはしなかった。

「ジュリアには謝らなくてはな」

「……母上に？　なぜですか？」

「ククク……息子を危険に晒した無能共に地獄を見せてくると約束したのだ」

「………………」

ルークは疲れたような顔をした。実際、疲れていた。

父の激しい怒りを何とか鎮めることができ安堵《あんど》したら、急に今まで蓄積された疲労がどっと押し寄せたのだ。

「安心しろ、お前の望み通り学園は存続させる。全て、私に任せておきなさい」

「感謝致します、父上」

「うむ。それと、数日中に王都を発《た》ちギルバディアへ向かうぞ。そのつもりでな」

「分かりました」

「では、私は学園長と少し話をしてくるとしよう。アルフレッド、ルークを頼んだぞ」

「かしこまりました、旦那様」

その言葉を最後にクロードは歩きだした。ルークは頭を下げ、それを見送る。

そして、これまで完全に空気となることに徹していたアルフレッドがその傍《そば》についた。

アスラン魔法学園は魔法を学ぶ上ではこれ以上ない環境といえる。しかし、今回の失態はとても大きなもの。どれほどの実績があったとしても許されるものではない。

現在、王国の勢力図が僅かに貴族派閥に傾き始めている為、クロードが事態の収拾に動かなければ、学園の存続は困難を極めたことだろう。

ただし、あくまでも彼は貴族派閥の筆頭。

果たして、これは本当に王国にとって幸運なことなのだろうか。

学園を潰すのではなく存続させ、大きな『貸し』を作る。これは、ルーク自ら導き出した答えに他ならない。

そう——彼は自覚することなく、望まぬ覇道を歩んでいるのだ。

クロードは学園に向けて歩く。その顔立ちは極めて整っているが、見る者に威圧感を与えるものだ。

だが、彼のことをよく知る者が見れば、今とても上機嫌であることに気づくかもしれない。

（やはり、ルークは王に相応《ふさわ》しい——）

生まれながらの支配者。

その片鱗《へんりん》をクロードは確かに感じた。それでも、彼が『計画』のことを口にすることはなかった。もちろん、ヨランドに口止めされているのもあるが、話さなかった理由はそれだけではない。

（ククク……ルークの喜ぶ顔が目に浮かぶようだ……ッ！）

常人の感覚からは大きくかけ離れているが、クロードにとって王位簒奪《さんだつ》はルークへの『サプライズ』であった。

アリスとの婚約の一件で学んだはずであったが、やはり、あまりにも大きすぎる愛は目を曇らせるということか――。

§

王都にある小さな酒場。

頭にターバンを巻いている男が、あまり客のいない時間帯からカウンター席で酒を飲んでいた。

「……ヒック」

「カニスの旦那、大丈夫か？　最近、随分と元気ねぇじゃねぇか」

「いやぁ……よく聞いてくれましたねブッチョさん……酷いんですよほんと……」

「どうしたんでい？　俺で良けりゃあ聞くぜ？」

カニスは手に持った木樽ジョッキを傾け、酒を流し込む。

「実はね、隠れてずーっと頑張っていたことがあったんですよ俺……。だけどそれをね、よく分からない奴《やつ》らに横取りされて……挙句の果てにソイツら大失敗して、尋常ではないほど難しくなっちゃったんですよ……ただでさえとんでもなく難しいってのに……うぅ……馬鹿野郎めー」

飲みすぎているせいかカニスの呂律《ろれつ》は回っておらず、話の内容も支離滅裂。聞いてもとても理解できるものではなかった。

だが、ブッチョは長年この小さな酒場を営んでいる。こういう客の相手なんてお手のものだ。

「そいつは災難だったなぁ。分かるぜ、アンタの悔しさはよォ」

「分かってくれますか……！　俺……さすがにちょっと疲れちゃって……」

「人間、頑張ってばっかじゃいられねぇさ。たまには立ち止まって、英気を養うことも必要ってこった」

「うぅ……ブッチョさん……」

その時、カラカラと音を立てて戸が開いた。

「おやっさん、やってるかい？」

「……どうも」

「おうザックじゃねぇか！　それにフェーリスちゃんも！　らっしゃい！」

ブッチョからすれば二人の登場はまさに天の助け。

心の内側で歓喜の雄叫《おたけ》びを上げた。

「あれ、フェーリス……もう帰る時間……？」

「違う。違くないけど。話ある」

「え、なになにー、聞かせてくれよー」

「キモイ。うざい。酔っ払い」

「ひ、ひどすぎない……？」

そのままザックとフェーリスもカウンター席に座った。

「俺はいつものエールね！　フェーリスちゃんは？」

「蜂蜜酒」

「あいよ！」

ブッチョは手際よくそれぞれに飲み物を出した。

それらをザックは豪快に、フェーリスはちょこっと飲んだ。

「かァー、たまんねぇっ！」

「……おいし」

「いやぁ、それにしてもびっくりしたぜ。急にフェーリスちゃんが俺を訪ねてくるもんだからよ」

「え、フェーリスが……？　なんで？」

「ギルバディアのこと聞きに行った。私たちも行くべき」

「……ヒック。え？」

エールをグビッと流し込み、ザックはブッチョに語りかける。

「実はよォ、明日には王都を出るんだ。ギルバディアに戻ろうと思ってな。……学園があんなことになっちまったからさ」

「おいおいずいぶん急じゃねーか。寂しくなるな」

「かぁー、嬉《うれ》しいね！　俺だってようやく王都に慣れてきたってのに、全く困ったもんだぜ。……でも、やっぱ俺のホームはギルバディアだ。いつかは戻るつもりだったよ。向こうのギルマスには随分と世話になったからな」

「なるほどな、義理堅ェじゃねぇか！　そういうことなら止められねェな！」

「なーにまたすぐ来るさ。そんときは、ここにまた顔出すからよろしく頼むぜ」

「あぁ、絶対また来いよ！　そういうことなら、今日はたんまりサービスするぜィ！」

「そいつは最高だ！　あとから俺の仲間も来るから、その分も頼むぜ！」

「だっはっはっはっ！　調子に乗りやがってこの野郎！　仕方ねぇ、何人でも連れて来やがれ！　とことんサービスしてやるぜ！」

「うおー！　ありがてぇー！　さすがだぜブッチョさん！」

そんなたわいないやり取りをしている傍で、フェーリスはカニスに囁《ささや》く。

「学園は休校。絶対ギルバディアに戻る。これはむしろチャンス。私たちも行くべき」

フェーリスの表情は真剣そのもの。しかし――

「……ヒック……ふえ、なんて？」

「…………」

真面目な話をするには、カニスはあまりにも酒を飲みすぎていた。

「昔からお酒弱い。下戸。雑魚」

それからしばらくして、ザックの仲間たちも合流した。

この日、ブッチョの酒場から聞こえる大きな笑い声は、遅くまでずっと鳴り止《や》むことはなかった。

3

懐かしの我が家。

やはり、世界中どこを探したところでここに勝る場所はないと心から思いながら、俺は自室のベッドに横たわり、枕に顔をうずめた。

驚くべきことに、アスラン魔法学園に入学してまだほんの数ヶ月しか経《た》っていない。

しかし実に様々なことが起こり、様々な経験をした。その大半が面倒で、鬱陶しくて、頭を悩ませざるを得ない厄介事だったのはなぜなのか。その答えはこの俺をして未だ分かっていない……本当になぜだ。

ただ、少しだけ信じるようになったことがある。――『運命』というやつだ。

俺は主人公であるアベルに敗北するという運命に抗《あらが》い、己が幸せを勝ち取る為《ため》に努力する道を選んだ。きっかけなんてその程度であり、今も多少の差異はあれど根本は何も変わっていない。

だが、実際はどうだ。努力したが故の不具合とでも言うべき厄介事が次々と起こる。

だからだろうか。実家に戻り、そのベッドに横たわってまず初めに抱いた感情は――ずっとここにいたい、だった……。

ここには俺を煩わせるものは何もない。全てが揃い、全てが満たされている。

とても素晴らしいことだ。

外の世界にはこんなにも厄介事が溢《あふ》れているというのに、どうしてこの家を出なければならない。ずっといればいいではないか――。

……そんな、完全なる引きこもりの思考を一瞬でもしてしまっている自分に気づいた時、俺はふと思った。

これが運命というやつなのかもしれない、と。

どうしても、俺は実家に引きこもってしまう運命なのではないかと思ってしまったのだ。

『――実はな、ルーク。レノックス家から縁談を持ちかけられている。ミア、という名だ。同じ学園に通っているようだが、知っている――なっ！　その顔はまさか！　嫌なのか！　嫌なのだなルーク！　よし、即刻こんな縁談――』

『父上……少し、考える時間をいただけないでしょうか』

己の運命について考えている時に追い討ちをかけるが如く、父上からこんな話をされれば尚更《なおさら》だ。

運命というものは本当にあるのではないかと思ってしまうのは仕方ないことだろう。

アスラン襲撃事件により、俺が心身共に疲弊していると考えた父上は、この話を実家に戻るまで待ってくれた。さすがだ。この国の気の回らない愚かな衛兵共とは訳が違う。

………………うっ、胃が痛い。

なぜ、突然ミアとの縁談などという訳の分からない話が出てきてしまうのか。何がどう転んだらそうなるんだ。本当に訳が分からない。なぜだ……なぜなんだ……。

どれだけ考えてもその答えは見つからない。しかし、父上は『お前自身が決めていい』とおっしゃった。つまり断ってもいいのだ。

しかもどうやらこの縁談、レノックス家は側室でいいと言っているようなのだ。

……理解できない。そもそも、なぜ王派閥の有力貴族から縁談が持ちかけられる。しかも側室でいいと譲歩してまで。

ミアが三女だからか？　レノックス家は貴族派閥に鞍替《くらが》えしたかったのか？　だとしたらなぜだ？

あまりにも不可解なことが多い。一体、何が起きているというのだ。

あらゆる可能性を考えたが……情報が足りなすぎる。

ただ——俺がミアを『駒』にしようとしたことが最初の原因だろうことは分かる。

発端は絶対にそれだろう。そこから全てが狂ったのだ。

原作知識は曖昧だが、ミアは『ルーク』ではなく『アベル』側のキャラだった気がする。

あぁ……あの時だ。ミアが初めての敗北を経験し、かつてない程弱っていたあの時。本来ならアベルが慰めるはずだった……のではないか？

実際、アベルとリリーはミアの部屋を訪れていたしな。なるほど、それが交友を深めるきっかけとなるはずだったのだ。それを俺が奪ってしまった。

……クソっ、因果応報とでもいうのか。

俺がミアの弱った心につけ込み、偽りの救世主となった。全ては忠実な駒とする為に。その結果がこれだ。回り回って、ミアが俺の側室になるなんて話にまでなってしまった。

……ほらな、これこそが運命だ。

全ての事象は、『ルーク』が実家に引きこもるという本来あるべき結果へと収束してしまうのだ。

突飛な考えかもしれない。しかし、ここがラノベのファンタジー世界なら十分ありうる
……そんなことを考えてしまうくらいには、俺はうんざりしているのだ。

次から次へとやってくる厄介事に。

だが、問題をこれ以上先延ばしにもしていられない。

真っ先に考えなくてはならないのは今回の縁談。

断るのは簡単だ。ただ一言、父上に嫌だと言えばいい。

――しかし、果たして断るのが最善か。

俺は迷った。そもそも、貴族にとって婚姻とは感情だけの問題ではない。深い繋《つな》がりこ

そが権力を磐石《ばんじやく》なものとし、そしてより大きなものへとするのだ。これほどの有力貴族との縁談となれば尚更だ。

加えて、理由は不明だが、相手側がかなり譲歩しているのは明らか。その上で断ろうものなら、両家の関係の悪化は必至だ。

そして、父上はああ言ってくれたが、襲撃事件でその手を煩わせてしまった。これ以上、誰かに頼るなど俺の矜持《きようじ》が許さない。それが父上であろうとも。

……いや、俺が断るという決断に至れず踏みとどまっている本当の理由は、そんなものではない。――ミア本人が一番の問題だ。

なんというか……ミアには不気味な怖さがある。

もし断ったらどういう行動にでるのか、この俺をもってしても予想できない。

明確な敵であればいい、どうとでもなる。

だが、ミアの場合はそこが曖昧だ。――だからこそ判断に困る。

断れば……今後、敵か味方か不明な不確定要素の塊のような女が、少なくとも学園にいる間はずっと近くにいることになるわけだ。

――ふざけるな。嫌だ。ストレスが半端なすぎる。

そもそも、ミアはこの縁談をどう思っているのか。

アリスたちロンズデール家との問題も………はぁ。

やはり分からない。なぜ、こんなことに俺は頭を悩まさなければならないのか。

ただ強くなれば幸せを手にすることができると考えていたが……どうやらそう単純でもないらしい。

悩んだ末に俺が出した結論は──『ミアと直接話してから考えればいい』という、未来の自分への丸投げだった。

§

「泥棒猫だとは思っていたけれど、ここまでだったなんてね。怒りを通り越して呆《あき》れたわ」

「………」

「勘違いしないで。私が怒っているのは縁談そのものではないわ。ルークの立場は理解しているもの。側室なんて珍しくもないし、私はそんな器量の小さい女ではないの」

「………」

「私が怒っているのはね、あなたがコソコソとルークとの縁談を進めていたことよ」

「まあまあ、落ち着きなよアリス。少しはミアちゃんの話も──」

「兄さんは黙っていてくれる？　気持ち悪いから口を開かないで」

「なっ、酷いよアリス……ハァハァ」

「………………」

なんだかんだあり――現在、ロンズデール家とレノックス家がうちへとやって来ていた。

当然、今回の縁談について話す為だ。

この場にいるのは俺、アリス、ヨランド、ミアの四人のみ。その他は父上が対応している。

またしても俺の我儘《わがまま》を聞き、こういう当人同士の話し合いの場を設けてくれたのだ。

「ごめんなさい……私、知らなくて。こんなに話が進んでいるなんて……」

ミアの声は吹けば飛びそうなほどにか細かった。

なるほど、不本意はお互い様というわけだ。

ならば話が早い。こんな縁談、さっさとなかったことにしてしまおう。

「そうか。お前も不本意であるなら、この縁談は――」

「違うの！」

感情の込もった声。

先程とは打って変わり、ミアの目には強い意志が宿っていた。俺はそれを見た瞬間、とてつもなく嫌な予感がした。

「私が……ルークのことが好きってことは……ほんと」

ほらな、俺の予感は当たるんだ。

アリスはどこまでも冷たい目で、ヨランドはなぜかニコニコと気持ちの悪い笑みを浮かべながら、この状況を静観していた。

「一つ、教えておいてやる」

ため息をつきながら、俺は言った。

「お前が俺へ抱いている感情は、お前を『駒』にする為に俺が抱かせた偽りの感情。つまり、全て錯覚だ。そもそも、あの日お前を慰めてやったのだって――」

「――分かってる」

ミアは俺の言葉を遮った。

「全部、分かってる。……最初は偽物だったかもしれない。でも、もう本物だよ」

「………」

罪悪感なんてものはなかった。

俺は、俺の幸せを摑む為ならば一切の妥協はしない。それが、他者の幸せを踏み躙《にじ》ることになったとしても。

ミアの心につけ込み、利用しようとしたことに――後悔などない。

「俺は、お前のことを愛していない。それでも、婚姻を結びたいのか？」

嘘《うそ》偽りなく、はっきりと告げた。しかし――

「……うん。それでも、ルークの側にいたい。役に立ちたいの……私。でもいつか……好きになってもらえるようにがんばる」

「………………」

ミアの感情は俺の想定を上回った。……愛が重い。重すぎる。

なんだこれは。どうしてここまでの想《おも》いを抱ける。

確かに俺は弱った心につけ込んだが……いや、これは愛というよりも、『依存』に近い感情だろう。

「私は、二番目でいいの……フフ」

「………………」

――ゾクッ。

ミアの恍惚《こうこつ》とした目を見た瞬間、背筋に嫌なものが走った。

それと同時に、俺は自分の選択が正しいことを確信した。

最強であるはずのこの俺がなぜか夜道でわき腹を刺され、倒れ伏す姿を幻視したからだ。

……それでも、俺は決して自分の選択を後悔しない。

「……分かった。この縁談を受けよう。いいな？　アリス」

「ルークが決めたことに、私が異を唱えるはずないわ。でも、これだけはハッキリさせておくわ。私が上で、あなたが下よ。ちゃんと分かっているかしら、ミア？」

「分かってる。ちゃんと話せなくてごめん……アリス」

「本当におめでとうルーク君！」

「………………」

疲れた……すごく。

「ところでミア、あなた夜の方はどうなの？　ルークを満足させられるのかしら？」

「え、夜……？」

「分からないの？　夜にやることといえば一つでしょう？　セック――」

「――いい加減、黙れ」

とんでもないことを言い出しそうなアリスの頭をはたいた。

それだけで、なぜか妙に息遣いが荒くなっていくコイツにうんざりしながら俺は思った。

――くたばれ運命、と。

第六章　とばっちり冒険者

1

「申し訳ありません！　申し訳ありません！　この失態は私の責任です！　どうか、どうか娘だけは――」

ボクが右手を上げれば、足元で泣き叫ぶ煩わしい女の声がようやく止《や》んだ。

正直、苛立《いらだ》ちのままにこの女の首を斬り捨てることなど容易《たやす》い。――だが、ダメだ。

まだ利用価値があるから。

「顔を上げなさい」

……醜い。女の顔は恐怖に歪《ゆが》み、涙で汚れている。酷《ひど》く醜い、見るに堪えない。

やはり、人間は美しくなければ生きる価値が著しく下がるね。

「貴方《あなた》はとても良くやってくれています。自分を卑下しないでください」

「あぁ……ぁぁ……」

「貴方の娘は言いつけを守り、侵入の手引きを完璧にこなしてくれました。これはボクの落ち度。貴方が責任を感じる必要はありません」

「そのようなことは決して……っ」

ボクは立ち上がり女へと近づく。

そして目線を女の位置まで下げ、そっと肩に手を置いた。

本当は気が進まない。だが、そうすべきだ。この女の心をより強く縛るために。

あぁ、右手から不快感が全身へと広がっていく。気持ちが悪い。後で念入りに洗わないと。

「この世界に災いを招く『闇』は滅ぼさなくてはなりません。これからも、力を貸してくださいね」

「……私の全ては主様のもの。全身全霊をもってお仕え致します」

恍惚とした女の顔を見て、ボクはボクの行動が正しかったことを確信した。

もう用はないこの女を下がらせ、ボクは思った。

——本当に悪運の強い国だな、と。

ミレスティアという忌々しい旧世代の覇権国家を失墜させるべく、長年準備してきた。

ところが、いざ計画を実行に移すという段階になって『闇属性』の発現という耳を疑う情報が転がりこんできたのだ。

過去の大戦にて、『光属性』を持つ一人の魔法使いによって全てを覆され、ミレスティアが覇権を握るに至ったという歴史がある以上、当然対をなす『闇属性』を無視することはできない。

そして、ボクはとてもよく知っている。『闇』の恐ろしさを。——ダメだ、絶対にあの国が持っていてはいけない力だ。

だからボクは各国にこの情報を流した。当然、情報源がボクであると分かるようなミスはしていない。

全てを巻き込み『闇』を消す。必ず、ミレスティアをよく思わない国が排除に動き出す。

当然、ボクも動いた。この国には馬鹿な貴族が多い。取り入るのはあまりにも容易かった。

それが、今回の『アスラン魔法学園襲撃』だ。

未熟なうちに『闇』を排除、可能ならば拉致する。拉致できれば、こちら側の駒にすることもできる。ボクならば確実に。

……という、悪くない計画だったはずだけど。

結果は見事に失敗。なんでかな？　なんでだろう？

ボクは思考を巡らせる。あの魔道具が機能しなかった？　いや、その可能性は低い。

うーん。……あ、──『貴族でありながら剣術も嗜《たしな》む』って、情報があったねそういえば。

その時は大した情報ではないと切り捨てたが、いや、有り得るのか……？

単純に魔法以外の力で撃退した？　訓練された手練の暗殺者を？　魔法を至高とする国の、あの歳《とし》の子供が……？　──信じられない。というよりは、信じたくないね。

……いや、もう一人。

今年は属性魔法すら扱えない、あの国で言うところの無能が入学したという話もある。

それどころか、全く想定外の第三者の介入も考えられるし……はぁ。

分からない。情報が足りなすぎる。うーん、どうしたものかなぁ──。

2

「——さて、アルフレッド。お前に問おう。『剣聖祭』について、父上にどこまで話した？」

「……詳細までは。『剣聖祭』なるものが帝国で開かれる、ということをお伝えしたのみでございます」

「それは重畳。つまり父上は、『剣聖祭』が毎年死人が出るほどの苛烈な祭りであることを知らないわけだ」

「………………」

「ククク……アルフレッド、このことは他言無用だ。安心しろ。何が起きようとお前に責任が及ばぬよう、俺の意志は書面で残しておく」

ミアとの一件がようやく落ち着いたことで、俺の頭はここ数ヶ月で最も楽しみにしている『剣聖祭』のことで埋めつくされていた。

「その必要はございません」

「……なに？」

「申し訳ありません、ルーク様。私自身、『見たい』と思ってしまっております。これは私の意志。ゆえに、もし万が一のことがあれば自ら責任を取らせて頂きます」

「クク……随分と偉くなったものだな、アルフレッド。お前の意志なんてどうでもいい。何をおいても俺の意志が優先されるに決まっているだろう。書面に残す。これは決定事項だ」

「……かしこまりました。感謝いたします」

剣聖祭について調べるうちに分かったことがある。それは、本物の剣を用いた試合が行われるということ。

もちろん、殺人を容認するものではないらしいが……即死の場合は仕方がないことだと黙認される。正しく——真剣勝負というわけだ。

クク……血が沸き立つようなこの感覚。実に久しい気がする。

「まずは真剣を手に入れる。自ら選びたい。直接出向くぞ、準備しろ」

「かしこまりました。直《す》ぐに近衛を——」

「いらん。お前がいればいい」

「かしこまりました」

あの襲撃事件のこともあり、俺は真剣が欲しいと強く思った。今あるのは訓練用のレプリカのみ。もちろん自軍の騎士の武器はあるだろうが、やはり自らの得物は自ら選びたいというもの。

どのみち、冒険者として活動するうえでも真剣は必要となる。服装は……まあ、当分は制服でいいだろう。アスランの制服は苛烈な魔法戦が行われることを想定して作られている。機能面において、これほど優れているものを他に探す方が難しい。

……正直、俺は今浮かれている。それもかなり。最近はやたらと面倒事が多かったゆえの反動だろう。しかし、大きな問題が一つ。それは、剣聖祭は死の危険があるため父上が参加を許さないだろうということ。

そこで俺は考えたのだ。――『冒険者』の資格を取ればいい、と。

そうすれば、貴族としてではなく一人の冒険者として帝国に赴くことができる。煩わしい貴族の立ち振る舞いや様式美も必要ない。唯一の懸念点は身バレした時のリスクが大きいことだが、そんなミスをこの俺がするはずがない。

「ククク……アッハッハッハッ！　完璧ではないかッ！」

「…………」

これで父上に何も言うことなく剣聖祭に参加できる。

突然笑いだした俺にアルフレッドさんがなんとも言えない目を向けてくるが、まあいい。

すでに下調べは済んでいる。さっそく、鍛冶屋に出向くとしよう。

§

「いやー、すみませんザックさん。お言葉に甘えて、本当についてきてしまって……ほら、フェーリスもお礼」

「……ありがと」

「いや、いいっていいって！　気にすんなよ、んな小せぇこと」

俺の言葉に嘘《うそ》はなかった。

このくらいなんでもねぇ。冒険者なんてのをやってりゃあ、縁ってのがどれだけ大切かってことに気づかされる。結局、こういう繋《つな》がりが回り回って自分の為《ため》になるんだ。

「色々と紹介してもらって。本当にもう、なんてお礼を言ったらいいか──」

「だから本当に気にすんなよ。それより、これから紹介する鍛冶屋の親父《おやじ》のことなんだが……」

「ん。どうかした？」

「いや、腕は確かなんだが……本当に腕は確かなんだが……ちょっと気難しくてさ……」

「なんだ。心配ない。大丈夫。人付き合い得意」

「……え」

なんでこの子は、こんな自信満々なんだろう……基本無表情だし、口数少ないし、別に愛想が良いわけでもないんだけど……。い、いや、この子なりにきっと得意なんだろう。

どのみち、俺がフォローすればいいことだ。

そんなことを考えているうちに馴染《なじ》みの鍛冶屋に着いた。相変わらず飾りっけのない、一軒家をそのまま改装しただけの店。

「ここがさっき話した――」

「俺は権力には屈しねぇぇぇぇぇぇぇッ!!」

中から鼓膜の破れるような怒号が響いてきた。

それは、道を歩く人々が思わず足を止めてしまうほど。

「な、なんだ!?」

状況はよく分からなかったが、俺はすぐさま中へ入った。

「――うるさい。大声を出すな」

その姿を見た瞬間、忘れたと思っていたあの日の悪夢が、奈落の底から這《は》い上がってくるように甦《よみがえ》った。

なんでいるんだよぉぉおおおおおッ!!　と、叫び出さなかった自分を褒めてやりたい。

§

「アルさん……それにルーク様!?」

「ん、誰だ？」

「で、ですよねー……」

ルークが自身のことを全くもって覚えていないことに、ザックは驚かなかった。

（……俺なんて道端に落ちている小石のようなもの。覚えている方が難しいよな。――でもやっぱり悲しいぜ……）

「え、えーっと、アルさん……？　どういう状況なんですか？」

ちょっとした縁により王都で出会い、ギルバディアまで付いて来たカニスとフェーリスにこの街一番の鍛冶屋を紹介しようと連れてきた。

しかし、今はこの場を収めることの方が先決だとザックは判断した。

「ザックか……お前からも言ってやってくれや。このボンクラが剣を売らねぇとか言いやがんだよ」

「え、えぇ……」

（あ、アルさんキレてるよ……もう嫌だ……）

アルフレッドの声は小さく穏やかなものであったが、そこには明確な怒りが含まれていることをザックは鋭敏に感じ取った。自身の想定を大きく上回るほどに状況が混沌《こんとん》としていることを察し、ザックは胃が痛くなる思いがした。

「……何もしちゃダメだよ」

「……分かってる」

ザックが頭を悩ませている傍《かたわ》らで、カニスはフェーリスに小さく耳打ちした。その声を聞いたものは誰一人としていなかった。

「領主様の息子だろうが関係ねェッ！　俺の剣は飾りじゃねェんだッ！　鑑賞用が欲しいんなら他所に行ってくれッ！」

「……これ程愚かな人間と話すのはさすがに不快だな」

「な、なんだとコノヤローッ!!」

「あぁぁぁッ！　待ってくださいルーク様！　お願いです！　ほんの少し！　ほんの少しだけ俺にお時間を頂けませんでしょうか！」

「だから誰なんだお前は」

「冒険者のザックと言います！　数年前、一度お手合わせさせていただきました！」

「…………」

「覚えておられませんよねッ！　大丈夫です！　分かっておりましたので！」

この場を何とか丸く収める為にザックは声を張り上げた。その必死さは、彼の身振り手振りからもよく伝わってくる。

ルークは突然現れたその男がやたらと慌てふためく様子に、怒りを塗りつぶすような気持ち悪さを感じていたが、なぜか憎めない感情もまた同居していた。

「ルーク様。私との鍛錬の際、冒険者に依頼を出したことを覚えているでしょうか」

「……ああ」

「その際に、このザックという男もルーク様と一度手合わせしております」

「ザック……やはり覚えていないな」

アルフレッドがそっと耳打ちするが、やはり記憶は蘇《よみがえ》らない。どうやら、どうでもいいと判断された人間は彼の脳内から完全に抹消されてしまうらしい。それでも、ルークが少しだけ待ってもいいと思ったのは、ザックが勝ち取った確かな成果であると言えるだろう。

「……長くは待たないぞ」

「ありがとうございます！」

ザックは頭を深々と下げ、渦中の鍛冶師であるダルキンの元へと足を進めた。

そこで、ルークは気づいた。この場にはもう二人、ターバンを巻いた者たちがいることに。

そして──

「ほう、珍しいな。──獣人か」

「…………ッ」

純粋な人間ではないということにも気づいた。常に研ぎ澄まされている魔力感知により、その二人が完全に魔力を持たないと分かったからだ。それにより、カニスとフェーリスの表情が一秒にも満たない一瞬強《こわ》ばる。しかし、カニスは直ぐに行動した。

「じ、実はそうなんですよ～」

カニスは自らターバンを外し、その特徴的な『耳』を顕《あらわ》にした。犬のような、垂れた耳だ。

続け様にカニスはフェーリスのターバンを取った。

「うっ」

フェーリスの耳は猫のそれ。

意図せずターバンを外されたからか、彼女は咄嗟《とっさ》にその耳を手で隠した。

「俺ら兄妹でして。この国では、獣人は何かと生きづらいでしょう？　なので無用なトラブルを避けるために、普段はこうやって隠してるんですよ」

「…………」

カニスは取り繕ったような笑みを浮かべ、フェーリスは無言を貫いた。

「ふむ、ではなぜこの国へ来た？」

「……え？」

ルークの鋭い眼光がカニスとフェーリスを貫いた。心臓を握られるかのような重圧。

「近くには帝国もある。なぜ、王国へ来た？」

「そ、それは……」

適当な言葉で誤魔化《ごまか》すことは容易《たやす》い。だが、そんなことをすれば即座に見抜かれてしまう。それは正しく勘でしかないが、カニスとフェーリスには確信に近いものだった。

ゆえに、言葉に詰まる。何倍にも引き延ばされた時間が重くのしかかり――

「――あのー、ちょっといいですかね？」

そのとき、ザックが帰ってきた。

「なんだ、話はついたのか？」

「はい、えーと……ここの鍛冶師、名前はダルキンというんですが、どうも勘違いしていたらしいんですよ」

「どういうことだ。話せ」

「えー、大貴族であらす、あらせられ……」

「……普通に話せ」

「……すんません。ルーク様のような方が、剣術をやっているなんて思っていなかったらしくて、鑑賞用に剣を買うと思ったらしいんです。それで……その……」

「なんだ、はっきりと言え」

「俺からは説明したんですけどね、ダルキンの旦那はその、凄く頑固でして。この目で見るまで信じない、と言っていまして……」

「……は？」

「ひぃぃ」

ルークから沸き起こる烈火の如《ごと》き怒りのオーラを感じ取り、ザックは小さな悲鳴を上げた。

「この俺に……馬のクソ以下の存在の為に力を証明しろと？　――何様のつもりだ？」

「ひええええ、すみません！　すみません！」

なんで俺がこんな目に、という嘆きと共にザックの胃の痛みがさらに酷《ひど》いものとなった。

しかし、

「……いや、クッ……このくらい、するべき……か」

「……え？」

ルークは苦悶《くもん》の表情を浮かべた。

（冒険者として振る舞うなら、このくらいで腹を立てていてはダメだ……）

己の心に渦巻く怒りと共に息を吐き出す。

「お前、ザックと言ったか。一つ、約束しろ」

「えっと、何をですか……？」

「剣技を見せるのは……いいだろう。しかし、だ。上手《うま》く言えないが……俺が剣技を見せたことで、何らかの面倒事が起きる……気がする」

「へぇ？」

それは、これまでの経験による単なる勘でしかない。しかし、どうしようもなく嫌な予感がする。自身の行動が全て予期せぬ不具合を引き起こす気がしてならない。

「とにかく、剣技は見せてやる。それによって何かしらの面倒事が起きた場合、お前が対処しろ。分かったなザック？」

「え、ええ……分かりました」

ルークの言っていることがよく分からなかったが、ザックはとりあえず承諾した。

「……裏庭で試し斬りができる」

それだけ言うと、ダルキンは歩き出した。その背中は付いてこいと言っている。

ルークはその無礼な態度にまたしても怒りを抱くが、これも冒険者として振る舞う為《ため》だと自分に言い聞かせて我慢した。その表情には一切出さないが、アルフレッドもルークと同じく怒りを抱いていた。主を軽んじられ怒りを抱く程に、忠誠心を持っていたからである。

この場にいる全員が移動を始める。カニスとフェーリスも無言で付いて行った。

「……ここだ」

そこには幾つかの巻き藁《わら》が並べられていた。ダルキンの言うように、出来上がった剣の試し斬りに使われている場なのだろう。

するとルークは静かに巻き藁に歩み寄り、手で何度か触った。

「この程度なら造作もない……」

そう言って抜いたのは、普段使っている刃のない剣。つまりはレプリカだ。使い慣れているこれを元に剣を作ってもらおうと、持ってきていたのである。

「おい、それ刃がねぇじゃゃ――」

「――黙って見ていろ」

「な、なんだとぉぉぉッ!!」

「まあまあまあ！　ちょっと見ていましょうよダルキンの旦那」

ルークは抜いた剣の感触を確かめ、正眼に構えた。そして、そこから僅かに腰を落としながら左足を前に出し、剣は自身の右側へ――八相の構えだ。

精神を研ぎ澄ませる。――空気が変わった。

（……これだ）

ザックは思い出した。本物の『怪物』を。

ただ、ルークが剣を構えた。たったそれだけでこの場の誰もが理解した。ルークの実力は紛《まが》い物などでは決してないということを。

それは、ダルキンも同様だった。彼は鍛冶師ではあるが、剣の心得もあったために尚更《なおさら》理解できてしまう。

（貴族だからって色眼鏡で見ていたのは……俺の方だった……）

もはやルークの実力が本物であることを疑ってはいなかった。それでも、止めることはできない。――見たいからだ。

これから起こることを目撃したいという、抗《あらが》いようのない欲求に支配されていたのである。しかし、もはやルークの精神にはそんなことが入り込む余地はない。恐ろしく研ぎ澄まされた心は、極限の集中力を生み出した。そして、

「――――」

その太刀筋を完全に捉えることが出来たのはアルフレッド、カニス、フェーリスの三人。

アルフレッドは長年の鍛錬ゆえに、カニスとフェーリスはその身体能力の高さゆえに捉え

た。ザックは僅かに視《み》えたが正確なものではない。

ダルキンは全く見ることができなかった。しかし、何かが起きたことを感じ取る。

ボトリ、と巻き藁の上半分が斬り落とされた。


「――ナッ！」


驚きの声はザックのもの。

その落ちた巻き藁は、衝撃によりさらに三つに分かれたからだ。

つまり――三閃。

ザックが一筋に見えたそれは、実際は三回も振るわれていたのである。

それをこの場の全ての者が理解したことによる、刹那の静寂――。


「す、素晴らしいいいいいいッ‼」


静寂を破ったのはアルフレッドの魂の雄叫《おたけ》び。

突然両膝をつき、両手で天を仰ぎながら感嘆の声を上げたのだ。

「ルーク様ッ！　これ程とは……これ程とは……ッ！」

「……え」

ルークがアルフレッドの変貌にドン引きするなか状況はさらに加速する。

「おい、どういう——ゲッ」

「うぅぅ……うおぉぉぉぉん!!」

なぜかダルキンが号泣しているのをルークは目の当たりにする。そして、それを見た瞬間に感じ取った。やはり何かしらの面倒事が起きたのだと。

ゆえに、叫ぶ。

「おいザック!!　この場をどうにかしろッ!!」

「えぇぇぇぇぇぇぇッ!?」

ザックもまたルークの剣に魅入られていたのだが、混沌《こんとん》を極めたこの状況を直視したことによる胃の痛みが、彼を現実へと引き戻したのだった——。

3

……やはり。

妙な光が剣に集約し、刃を持たない紛い物の剣が、真剣と同様かそれ以上の鋭い斬撃を放つ。

この魔力とは明らかに異なる力はなんだ……？

なんらかの重要な設定があった……気がしなくもないんだが。うむ、分からん。

最近はこの力を意識した剣の鍛錬を行っている。これこそがさらなる高みへと登る鍵であると、確信しているからだ。

実際、俺の剣はより速く、より鋭くなっている。――だが、まだだ。俺の剣はこんなものではない。もっと高みへ行ける。クク……やはり剣は面白い。

「あのぉ……ルーク様。ちょっといいですかね……？　ダルキンの旦那が話があるって――」

「――すまなかったぁぁぁぁぁッ!!　俺が、うぉぉん、俺が、まぢがっでだぁぁぁ。貴族っでだげで、だげで、俺はぁぁ……うぉぉぉぉん」

「…………」

ザックがこちらへ来たと思ったら、その奥からダルキンが猛ダッシュで現れ、そのまま泣き叫びながら地べたに頭を擦り付けた。……気持ちが悪い。

「あぁぁぁ、すみません！　ダルキンの旦那は昔気質《むかしかたぎ》というかなんというか……その、話だけでも聞いてやってくれないでしょうか……？　俺からも、この通りです！」

「…………」

顔色を窺《うかが》い、俺の機嫌が悪くなっていくのを感じ取ったからか、ザックはすぐさま頭を下げた。……全く理解できないが、俺はこのザックという男が嫌いではない。いや、むしろ気に入っていると言ってもいい。

この取るに足らない男に、なぜか妙な親近感を覚えている自分がいる。先程出会ったばかりだというのに……いや、一度手合わせしたことがあるんだったか。全く覚えていないが。

「それで――」

「この剣をどうか……どうか貰《もら》ってくれ!!　金なんていらねぇ!!　俺がどうしても使って欲しいんだ!!」

そう言って、ダルキンが俺に渡したのは一振の剣だった。黒い鞘《さや》に納まっているそれを抜けば、目に映るのは白銀の輝き。しかも強い魔力を感じる。

剣身も今まで使っていたレプリカとさして変わらない。握り心地も良い。――うむ、素晴らしい。

「親父《おやじ》……コイツはミスリルだよな……？　すげぇ、俺の剣より遥《はる》かに業物じゃねぇか。それに、ミスリルは硬度が高すぎて加工が難しいってのに……」

「あぁ、ザックの言う通りだ。黒竜の骨を芯に、ミスリルを加工して作った剣だ。鍔《つば》には黒竜の牙を加工して、鞘は黒竜の甲殻を使ってある。正真正銘、俺の最高傑作だぜッ!!」

「こ、黒竜……!?　どっから手に入れたんだよそんなもん」

……ほう、黒竜。『色』を冠する竜か。属性竜《エレメンタルドラゴン》や竜王《ドラゴンロード》に次ぐ高ランクのモンスターであると、『魔物学』の講義で言っていたな。あの担当教師は、本に載っていない知識も話すから気に入っていた。

夏から始まる『魔物討伐実習』も楽しみにしていたというのに……忌々しい襲撃者め。

そんなことを考えながら、俺はダルキンから貰った剣を軽く振ってみる。手から伝わる確かな重さと、風を斬る音が心地いい。やはり、良い剣だ。

「——ダルキン、見直したぞ」

「お、おぉぉぉぉ……ありがたきお言葉……」

「ありがたきお言葉ッ!?　ダルキンの旦那が……敬語……だと」

コイツの無礼は到底許されたものではないが、能力のある人間は嫌いじゃない。

許してやろう。俺は寛大だからな。

「だが、金は受け取れ。アルフレッド」

「かしこまりました」

「待ってくれ!!　金なんて俺は──」

「勘違いするな。この俺の為により良い剣を作れ。これはその投資だ。分かったな?」

「うぅ、うぅぅぅ……必ず、必ずやぁぁぁぁん」

「……おい、鬱陶しいぞ。ザック、どうにかしろ」

「また俺ですかッ!?」

今後より良い剣を作って欲しいというのも確かに本心だが、それよりも借りを作ることが我慢ならん。だから金を払うと言ったのだが……俺の足元で泣きわめく髭面《ひげづら》の男を見て若干後悔している。

まあ、ザックに任せればいいだろう。

§

「えっと、すみません……俺らちょっと用事を思い出しちゃって、ここで失礼します。突然すみません。今日は本当にありがとうございました」

「……ありがと」

　ダルキンの鍛冶屋を出てすぐ、カニスとフェーリスがそう言った。

「おう、そうか！　いいっていいって！　今度は美味《うま》い飯屋に連れて行ってやるからな！」

　ザックは特に引き止めることなく、二人を見送ろうとした。しかし、

「――待て」

「………」

　ルークが引き止める。

　カニスとフェーリスは、それだけで心臓を摑《つか》まれたような思いがした。

「お前たちには聞きたいこともある。また、折を見て話そう」

「……かしこまりました、ルーク様。それでは、失礼します」

「うむ」


　ルークの言葉はそれだけだった。今度こそ、カニスとフェーリスは去っていった。

「えーと……俺もこの辺で……」

　ザックもそれに便乗して去ろうとする。鍛冶屋に来て、ルークと出会ってからというも

のずっと息が詰まる思いだ。気を遣いっぱなしで胃も痛い。

ルークは大貴族であり、ザックは平民の冒険者。気を遣うなという方が無理な話なのだ。彼の感情は当然のものである。

「ザック、ギルドとやらに案内しろ。冒険者の資格をとる」

「……へぇ？」

ただ、ザックの望みが叶《かな》うことはなかった。

「……二度は言わんぞ」

「ひぃぃ、すみません！　案内させていただきます！」

ザックに選択肢などあるはずもない。無駄だと分かっていても、チラチラとアルフレッドに目配せをしてみるが、鋭い眼光で睨《にら》み返されるのみ。

それによって余計に胃の痛みが増すだけなので、ザックはすぐに諦めた。人生、ときに諦めることも大事であると彼はよく知っているのだ。

（もう嫌だ……仲間たちの元に帰りたいよぉ……）

無言のまま冒険者ギルドへ向けて歩き始める。

それからはなんとも気まずい時間が流れた。普段であれば、ザックは何気ない会話で場を和ませるのは得意な方だ。

しかし、今回ばかりは喋《しゃべ》らない方が賢明であると判断した。何が無礼となるか分からないからである。もし、些細《ささい》なことでルークの反感を買ってしまえば最悪なんてものではない。

ゆえに、彼は黙ることを選んだ。

「え、あれは……」

「………」

しばらく歩いていると、ルークたちの前方から数台の馬車が走ってきた。明らかに貴族のものだ。それを見てルークは自らの記憶を辿《たど》ってみるが、クロードから来客の予定は聞かされていない。

そしてこの時、偶然にもルークとザックは全く同じことを思った。

（……嫌な予感がする）

（……嫌な予感がする）

ザックとルークは切に願う。何事もなく通り過ぎてくれと。――だが、その願いを嘲笑《あざわら》うかのように馬車は止まった。

「……ゴドウィン家か」

　ぽつりとルークは呟く。馬車のドアに飾られた家紋。それは、ギルバート家と並び貴族派閥の筆頭であるゴドウィン家のものだ。

　そして、おもむろにドアが開かれ一人の女性が現れた。

「久しぶりだな、ルーク」

「………」

　その顔立ちはとても整ったものだが、どこか貴族らしからぬ荒々しい雰囲気を纏《まと》っている。獅子《しし》の鬣《たてがみ》を思わせる赤き長髪、豊かすぎる胸。そして、かなりの長身。

　好戦的な笑みを浮かべ、その紺青の瞳には静かな闘気と傲慢の光を宿していた。

（デカいな……色々と）

　ルークは見たままにそう思った。

「──エレオノーラ、か」

「嬉《うれ》しいぞ。覚えていてくれたか」

　彼女を直接見て、ルークは頭の中でバラバラだったパズルのピースが次々とハマっていく感覚を味わった。──そう、知っているのだ。

（前世を思い出したあの時よりも昔……『ルーク』の記憶。エレオノーラは──いわゆる

俺の幼馴染《おさななじ》みだ)

序列一位である彼女の名を見たとき、ポルポンからその名を聞いたとき。ルークが引っかかりを覚えた原因がこの瞬間明らかとなった。

(……完全に思い出した)

ゴドウィン家とギルバート家は、クロードが野心を無くした為《ため》に関係が徐々に悪化していった。それまではルークとエレオノーラも交友があったのだが、必然的に会わなくなっていたのだ。そして、ルークが剣術を学び始めたという噂《うわさ》が貴族の間で広まったことで、完全に疎遠となる。

「アルフレッドも久しぶりだな」

「お久しぶりでございます、エレオノーラ様」

「……二人に会えて私も嬉しいのだが――」

これまで穏やかだったエレオノーラの雰囲気がそこで一変した。

「平民と何をしているのだ、ルーク?」

できることなら、ザックは全力でこの場から逃げ出したかった。大貴族が二人。一人いるだけでも尋常ではないストレスだというのに、二人だ。

しかも今、明らかに良くない感情を向けられている。もはやたまったものではない。

（なんで俺ばっかりこんな目に遭うんだああああッ？）

間違っても声には出せないので、ザックは心の中でめいっぱい嘆きの声を上げた。

「お前には関係のないことだ」

「確かにそうだな。だが、私はルークにこれ以上自らの格を落とすようなことをして欲しくないんだ」

「……あぁ？」

「剣術を始めたと聞いたときは耳を疑ったぞ？」

ルークから恐ろしい程の怒りの雰囲気が漂い始めるが、エレオノーラはどこ吹く風。笑顔を崩すどころかさらに深めた。

（いぃぃやぁぁぁあああああッ!!）

この正しく一触即発の状況は、ザックにとってとても耐えられるものではなかった。

ダラダラと冷や汗が出る。

「なあ、ルーク。子供の頃を覚えているか？　お前は本当に凄かった。何でもできるお前に私は憧れた」

「何が言いたい？」

「私は一年でアスラン魔法学園のトップとなった。少なくとも今は、私の方が先にいるというわけだ。剣術なんてものをやりながら、お前はこの私を超えられるのか？」

「……クク」

ルークは静かに嗤った。

「ここで、今すぐにはっきりさせてもいい。どうせ、結果は変わらん」

「……フフ、ハハハハハッ‼　──いいじゃないか」

エレオノーラの哄笑《こうしょう》が響き、より一層危険な雰囲気に包まれる。獣同士が睨《にら》み合い、その喉笛に噛《か》みつく機会を窺《うかが》っているかのような緊張感がそこにはあった。だが──

「何をしているエレオノーラ。早くしろ」

馬車から別の声が聞こえたことで、その息苦しい程の緊張感は霧散した。

「残念だが、またの機会としよう。ではまたな、ルーク」

「…………」

それだけ言うと、エレオノーラは踵《きびす》を返し馬車へと戻っていった。

（……最後まで降りなかったな）

再び走り始めた馬車を見ながら、ルークは激しい怒りを覚えた。エレオノーラの父が最後まで馬車を降りなかったからだ。それは挨拶をする必要もない、という意志に他ならない。

「行くぞ」

「かしこまりました」

「あ、はい……」

だが、ルークはすぐに歩き始めた。ザックとアルフレッドもそれに続く。

（エレオノーラ……あの女は俺の踏み台だ）

彼女を直接見たことで、ルークはある原作知識を思い出していた。

（一年でトップになった逸材を容易《たやす》く倒すことで、『ルーク』という敵の強大さが表現されるわけか。そうだ、俺は学園編のラスボスでしかなかったな。まあ、どうでもいいことだ。——俺は、そんなものに縛られることのない隔絶された力を手に入れる）

少しだけ明確になった記憶。

必ず幸せを摑《つか》んでやるという決意を新たにし、ルークは冒険者ギルドへと向かった。

（それにしても、ゴドウィン家は何をしに来たのだろうな……）

§

「どうした、エレオノーラ。クロードの息子と何かあったのか？」

「いえ、特には」

「本当か？　顔が赤いようだが……」

「本当に大丈夫でございます」

「そうか。――な、なんだそのクネクネとした動きはッ！」

ルークたちと別れた後、ゴドウィン家の馬車の中にて、

（ヤバヤバヤバっ、ルーク超カッコいいんですけど……。めっちゃ大きくなってたし、何より私を前にしても一切臆さないあの強者の態度！　ヤバすぎ！　気を抜いたら叫んじゃいそうだったよもう！　――ルークなら私に勝ってくれるよね。あぁ、早く思いっきり戦いたいなぁ）


獰猛《どうもう》な眼差《まなざ》しで遥か先を見据え、エレオノーラは悶《もだ》えていた。

ルークが剣術を始め疎遠になってしまったという分岐は、彼女にもまた、小さくない変化をもたらしていたのである――。

第七章　英雄の背

1

王都に比べれば劣るが、交易都市であるギルバディアには多くの冒険者が集まる。

様々なモノが集まるこの街では、武具や魔道具、回復薬等の冒険者には欠かせないアイテムの補給が容易いからだ。また、アクセスの良さも冒険者にとっては魅力の一つだろう。

必然、冒険者ギルドの外観もかなり大きく立派なものである。

「……あのー、一つだけいいですか？」

「なんだ」

目の前にある扉の向こう側からは、外にいても分かるほどに酒と食べ物の匂いが漂い、笑い声が聞こえてくる。エレオノーラと別れ、ルーク達は今正しく『冒険者ギルド』へとやって来ていた。いざ中へ、という時になって声を上げたのはザックだった。

「その……ご存知《ぞんじ》かと思いますが、たまに元貴族の奴《やつ》もいるんですがね、ほとんどの冒険者は俺と同じで平民です。もしかしたらその……ルーク様に無礼を働く奴がいるかもしれません。……できれば、多少のことは大目に見てもらえると……」

「ふむ、良いだろう」

「──えっ」

ルークが呆気《あっけ》なく承諾したことに、ザックは思わず驚きの声を漏らした。

「ん、なんだ。まだ何かあるのか？」

「い、いえ……それだけです。ありがとうございます」

ダルキンの鍛冶屋にて、ザックはなんだかんだでルークの要望に応え、混沌《こんとん》を極めたあの場を収めた。そして、何故《なぜ》か感じる妙な親近感。

幸か不幸か、ルークはそれなりにザックを気に入っていたのである。

「ならば中へ入るぞ。案内しろ」

「わ、分かりました」

ザックは少しだけ止まり、心から願う。

（何も起こりませんように……ッ!?）

意を決し、中へと足を踏み入れた。

ザックにとっては見慣れた、ルークにとっては初めての景色がそこには広がっていた。

「ダッハッハッハッ！　おうッ、ザックじゃねぇか！　久しぶ――」

そこかしこに鎧《よろい》を身につけた者たちが屯《たむろ》している。ギルドの中には酒場が併設されており、とても賑《にぎ》やかなものだった。

しかし、ザックに続いて入ってきた人物を見て、そのざわめきはピタリと収まる。

この街で、ギルバート家の嫡男たるルークを知らない者はいない。なぜこんなところにいるのか、という疑問を誰しもが抱く。

そしてそれ以上に――冒険者たちに刻まれたトラウマを呼び覚ました。

「キィイイイヤァァアアアアッ!!」

「え、えぇッ!?　どうしたのモッケル!?　ちょっと待ってよモッケル――――!!」

突然一人の冒険者が絶叫し、逃げるように奥の部屋へと走り去ってしまった。

「……なんだ」

「いや、なんでしょうね……お腹《なか》でも壊したのかなーアイツ。どうせ変な物でも食ったんですよ。馬鹿ですねーほんと、アハハ……」

ザックの乾いた小さな笑い声が、静まり返ったギルド内にはやたらと響いた。

だが、彼は知っていた。今逃げ出したモッケルという人物が、この街では名の知れたAランク冒険者であるということを。そして約三年前、自身と同じようにルークによって自尊心を粉々に打ち砕かれ、トラウマを植え付けられた被害者の一人であるということを。

（……強く生きてくれ、モッケル）

ザックは心の中で黙禱《もくとう》を捧《ささ》げた。

「あ、あのー……ザックさん。今日はどういったご用件で……」

その時、料理を持ったまま硬直していたウェイトレスの女性が、ザックに声をかけた。チラチラとルークとアルフレッドを見ながら。

「実は、ルーク様の冒険者登録を――」

『――えぇッ!?』

ザックが恐る恐るそう呟《つぶや》いた瞬間、声をかけたウェイトレスのみならず、この場に居るほぼ全ての者が驚愕《きょうがく》した。

「す、すぐにギルマスを呼んできますーっ!!」

持っていた料理を適当なテーブルに置き、ウェイトレスは慌てて奥へと走り出し、そのまま階段を上っていった。

「………………」

「……ひぃ」

ルークの機嫌が少しずつ悪くなっていくのを鋭敏に感じとり、ザックは小さく悲鳴を上げた。しかし、状況はさらに悪くなっていくこととなる。

「ガッハッハッハッ!!　この街の冒険者は情けねぇなッ!!」

一人の大柄な男が立ち上がり、ルークの方へと歩いてきたのだ。同時に、アルフレッドの表情がほんの僅かに険しくなり、一歩、庇《かば》うようにルークの前へ出た。

（さ、最悪だあぁぁぁぁッ!!）

ザックは嘆いた。この街の冒険者はほぼ全員が顔見知りだが、その男はザックの記憶にない。つまり、最近この街へやってきたということ。それに、そうでなければこんな馬鹿な真似《まね》をするはずがない。

「おいおい、貴族の坊ちゃんが冒険者になるだぁ？　ガハハハッ！　一体なんの冗談――」

その時、別の三人の男が同時に立ち上がり、猛ダッシュでルークたちの元へやってきた。

そして――

「「「やめろおおおおおおおッ!!」」」

「――ボバフッ!!」

勢いそのままに、ルークに絡んできた大柄な男を殴り飛ばしたのである。

「………………」

ルークはうんざりしつつも、こういった状況に慣れ始めている自分に気づいた。

諦めにも似た感情と共に、ため息をついた。

「何考えてんだテメェはッ!!」

「何考えてんだ!!　ガルルルルッ!!」

「え、いや俺はただ……」

「バカ！　アホ！　マヌケ！　ふざけんじゃねぇよッ！」

「ふざけるな！　ガルルルルッ！」

「ええ……」

それからすぐ様、駆け付けた三人の男は振り返り、

「「「大変、申し訳ありませんでしたッ!!」」」

「………………」

示し合わせたかの如く完全に同じタイミングで、揃《そろ》ってルークに頭を下げた。

「オラッ！　お前も謝らねぇかッ！」

「イテッ！　……す、すみませんでした」

続け様に、大柄な男の頭をゴンと殴り無理やり頭を下げさせた。そして、そのまま引きずるようにどこかへ連れていく。その去り際、後から現れた三人の男のうちの一人が、ザックをチラリと見て静かに親指を立てた。

「お、お前ら……！」

その男たちは、ザックと特に仲のいい同僚冒険者たちだったのである。

実のところ、これは新米冒険者ならば誰もが通る伝統的な洗礼のようなもの。絡んできた大柄な男も、それに則《のっと》ったに過ぎない。

冒険者は命の危険が伴う。ゆえに、冒険者としてやっていけるかどうか、実力と共に度胸を試されるのである。しかし、今回ばかりは相手を見誤ったと言わざるを得ないだろう。

ルークの反感を買えばただではすまない。それはこの街の冒険者にとってもはや周知の事実である。つまり、駆け付けた三人の男たちは同じ冒険者のよしみで、この街に来たばかりのその大柄な男を救ったのである。

「これはこれはルーク様！　それにアルさ……ではなく、アルフレッド様！　ようこそ冒険者ギルドへ！」

すると、またしても別の男が奥から慌てた様子で現れた。

その男こそギルドマスター『ドルチェ・パンナコッタ』である。

「……それで、今回は冒険者登録ということでお間違いないでしょうか？」

「ああ」

「かしこまりました。私が対応させて頂きます」

「…………」

（本来、冒険者登録や仕事の依頼をする場所であろうカウンターが目の前にあるというのに、なぜギルドマスターがわざわざ出てくる……俺が貴族だからか？　全く、面倒なものだ）

ルークは己の高貴な身分ゆえに起きる厄介事に、多少の鬱陶しさを感じた。

「それではこちらへ。別室にて、仕事内容や制度、報酬について説明させて頂きます。

――ところで、ザックとはどういった……」

「うむ、しばらくはザックのパーティーに入る」

それは何気ないドルチェの質問に対する、何気ないルークの答え。

「……へ？」

ザックは「俺はこの辺で失礼します」と簡単な挨拶をして、こんどこそ本当にルークから逃げるように立ち去るつもりだったのだ。ゆえに、その言葉を即座には理解できなかった。ゆっくりと、ゆっくりとその言葉の意味が脳内に染み渡っていき――

「えええええええええええええッ!!」


絶叫。魂の絶叫である。

反射的に、ザックは助けを求めて同僚の冒険者達の方を見た。

しかし、大柄な男の件で助けてくれた特に仲が良い者たちを含め、この場に居る全員が一斉に目を逸《そ》らしたのだった――。

2

その日、ルークはBランク冒険者となった。

実力的にはさらに高ランクとなりえることは、ギルドマスターであるドルチェも重々承知していた。しかし、Aランク以上は『実績』が必要となる。

こればかりは規則である為《ため》、ドルチェにできることは何度も頭を下げることのみ。

だが、意外にもルークはあっさりと受け入れた。ルークにとって、冒険者となることはあくまで帝国へ行く為の手段でしかなく、ランクなんてものはそもそもどうでもよかったのだ。

そして何より、その時のルークは機嫌が良かった。ようやく手に入れた真剣、帝国で行われる『剣聖祭』、暇潰しとしての冒険者活動。

学園にいたときに味わった様々な煩わしさから解き放たれ、端的に表現するなら浮かれていたのである。

結局、ルークの冒険者登録後、宿屋でザックの仲間たちと合流して屋敷へと戻った。父であるクロードに今後のことを話す為だ。

その時には既にエレオノーラたちゴドウィン家の姿はなかった。ルークは多少気になったものの、アスラン魔法学園の件で父が動いてくれているのだろうと理解し、追及することはなかった。

また、ザックは逃げ出したい気持ちもあったが、色々なことが起こりすぎて心が疲れ果ててしまっていた。ゆえに、完全なる無の心で仲間を説得することができた。

しかしその後、『もし、ルークに何かあれば分かっているな？』とクロードに釘《くぎ》を刺され、ザックは震え上がることとなった。

§

――イスプリート大森林。

別名『精霊の森』と呼ばれる、都市ギルバディア近郊に広がる樹海である。

とても豊かな恵みある森であり、重要資源の宝庫となっている。しかし、それ故に多くの魔物が生息しており、脅威となる魔物が現れることも珍しくない。

森の外れには小規模な村や街道もあるため、そういった魔物を討伐することが、ギルバディアを拠点とする冒険者の主な仕事である。

「ギュルガアアアアアアアアッ!!」

「そっちに追い込みました！　お願いしますルーク様！」

「頼んますッ！」

「――あぁ」

ザックをはじめとする『灰狼《はいろう》の爪痕』のメンバーが声を張り上げ、ルークはそれに小さく応えた。イスプリート大森林と都市ギルバディアの間に広がる平原。その大地を『ジャイアント・リザード』と呼ばれる大型の魔物が荒々しく駆ける。

（……いつ見てもデカいな、コイツ）

ルークの目の前へと迫る魔物は人間など容易《たやす》く一呑《ひとの》みにできてしまう程の巨軀《きょく》。

しかし、もう見慣れたものだ。実の所、この『ジャイアント・リザード』はギルバディアの冒険者にとっては見慣れた魔物であり、ルークも既に何度か討伐したことがあった。

とはいえ、討伐難易度Bであり、それなりに脅威となるモンスターではあるのだが。

剣と魔法、どちらで対処するか。迷いは一瞬、ルークは剣の柄に手をかける。剣の方が有効だから、という理由ではない。そんな合理的な思考は欠片《かけら》もありはせず、完全なる好みによりルークは剣を選択したのだ。

「グガアアアアアアアッ!!」

「クク……相変わらずやかましい」

ルークは地を蹴り、ジャイアント・リザードの首元へと跳躍した。そのまま剣を抜き、一閃《いっせん》。

すれ違う頃には、その巨軀に首は無かった。あまりに呆気《あっけ》ない幕切れである。

「お疲れ様ですルーク様！」

「……いつも、コイツは突進してくるのみ。さすがに飽きてきたな」

「はは……この巨体が突進してくるのは十分脅威なんですけどね」

「ダハハ！　さすがはルーク様だ！」

「見事！」

「……さすがね」

ルークが『灰狼の爪痕』に一時的に加わり、冒険者として活動を始めてから二週間が経過していた。

既に異例の早さでルークはAランク昇格を果たしており、ザック以外のパーティーメンバーともそれなりに打ち解けていた。

最初こそザックは気を遣いすぎて心をすり減らしていたが、三日もルークと過ごせばその恩恵に嫌でも気づかされる。ルークが加わったことで一つの依頼をこなす効率が飛躍的に上がり、収入が大きく向上したのだ。

ザックは連携が乱れる心配もしていたのだが、不思議とそんなことはまるで起きなかった。

今でも気を遣うことは多い。しかし、『金がたんまりもらえるんだから文句言えねぇか！』と開き直った。彼はそういったポジティブさも持っていたのである。

「えっと、解体と処理は……」

「当然やる」

「了解です。俺とジッペルとルーク様で解体作業を行う。キゴン、スフササ、周囲の警戒を頼む」

「あいよ！」

「承知！」

「……了」

解体の為のナイフを取り出しながら、それにしても、とザックは思う。

（……なんで、ルーク様はこんな面倒なことをやるんだろう？）

モンスター討伐後に行う死体の処理。それは、討伐の証明、素材の確保、感染症対策などを目的として行うものだが、それを好んで行う冒険者は少ない。理由は単純、面倒だからだ。

モンスターによっては繊細な作業が求められることも、嫌厭《けんえん》される理由の一つである。その為、金はかかるがギルド側に頼み、後々討伐したモンスターの処理をしてもらう冒険者も少なくない。

ルークが解体作業を行う理由は、自身にできない事などないという傲慢さが一つ。しかしそれ以上に、冒険者としての活動の何もかもが新鮮で楽しかったのだ。

何のしがらみもなく、ただモンスターを討伐し金を稼ぐ。その単純さが心地よかった。

「おい、ザック」

「は、はい！」

突然話しかけられ、驚きのあまりザックは少し裏返った声で返事をした。慣れてきたとはいえ、やはりルークには萎縮してしまうのだ。

「これは興味本位で聞くのだが。お前たちの『灰狼の爪痕』という名、何か由来があるのか？」

「あー……」

それはルークの単なる思いつき。

そこに深い理由はなく、ふと気になったから聞いたに過ぎない。

「えー、『グレイウルフ』って魔物はご存知《ぞんじ》ですか？」

「当然だ。討伐難易度D、大したことのない魔物だろう」

「実は駆け出しの頃、そのグレイウルフに殺されかけまして……あはは」

「……何？」

「ダハハ！　死にかけた死にかけた！　懐かしいなぁ！」

ジッペルという大柄な男は豪快に笑った。

「あの頃は未熟で、何の根拠もないのに自信だけはありまして。ちょっとした油断から危うく全滅しかけました。ほら、これ」

「…………」

そう言って、ザックは腕を捲《まく》って見せた。そこには大きな爪痕があった。

「なんで、『灰狼の爪痕』って名は戒めなんです。初心を忘れないように。冒険者ってのは、僅かな気の緩みで呆気《あっけ》なく死んじまいますからね」

「ふむ、なるほど。やはり気に入った」

「……え？」

既に、ザックは一流の冒険者であるとルークは認めていた。幸か不幸か、この話はルークの好感度をさらに高めることとなった。

§

ジャイアント・リザードの処理を終え、ルーク達はギルバディアの街へと戻ってきた。

「ちょっと休憩して、また良い依頼あったら受けますよね？」

「当然だ」

「了解です」

ザック達は一日に複数の依頼をこなすことが当たり前となっていた。

だが、まずはこなした依頼の換金である。その為、途中で消耗品の補充などを済ませながらギルドへと向かう。ルークに対しては未《いま》だに畏怖の目を向ける領民も少なくないが、それもまた、少しずつ慣れ始めてもいた。

「おい、寄ってけよザック！」

「何言ってんだよおやっさん！　まだ昼間じゃねぇか！」

ザックやその仲間たちに声をかける者は多い。それだけ住民に好かれているのだ。

適当に返事をしながら歩みを進めた。そして、ギルドの目の前までやってきた。

そのまま、ルークは扉に手をかけるが――

「だから！　ルークは何処《どこ》にいるのって聞いてるだけでしょ！」

「…………」

甲高い女の声が聞こえてきた途端、ルークは鉛のように心が重くなった。

「……ザック、よく聞け」

「な、なんですか……？」

「これから……何か面倒事が起こる予感がする」

「……奇遇すね、俺もします」

「あとは、分かっているな？」

「えぇ……また俺ですか……」

実際、その声を聞いた瞬間ザックも嫌な予感がしていたのだ。そして、この二人の予感はよく当たる。だが、このまま立ち止まっているわけにもいかない。ルークは意を決し、ゆっくりと扉を開けた。


「ちょっとリリー。落ち着い——あっ！　ルーク君！」

「………………」


そこに居たのは——アベルであった。

瞬間、脳内で疑問符が乱舞しルークは言葉を失った。

「ご、ごめんね急に。ルーク君どうしてるかなと思って、遊びにきたんだ！」

「久しぶりね、ルーク」

全くもって何を言われたのか分からなかった。

「遊……びに……？」

必死にその言葉の意味を咀嚼《そしゃく》する。が、やはり分からない。

「うん！　ルーク君が冒険者になっているなんて驚いたよ！　実はね、リリーと一緒に僕も冒険者になったんだ！　ほんと奇遇だよね！」

ルークは自身の理解を超える出来事に脳がショートしかけたが、唯一これだけは分かった。

(コイツ、本当に俺のことを友達だと思っている……のか？)

強烈な目眩《めまい》がするようだった。

「ザック……俺は疲れた。今日はもう休む」

「……え？」

「だ、大丈夫ルーク君！」

心底心配している様子で、アベルはルークに駆け寄るのだった。

3

ルークはそのとき確信した。

やはり、この世界には『運命』というものが確実に存在していることを。

でなければ説明がつかない。なぜ、アベルがここに居るのか。理解できない、全くもって理解できない。

そんなルークの嘆きなど露知らず、アベルは心から気遣うように覗《のぞ》き込む。それを見て、ルークの心はさらに憂鬱な色に染まっていった。——しかし、ふと思う。

一体いつから、不愉快な現実を仕方がない事だと受け入れてしまうようになったのだろう、と。次から次へと押し寄せる自身の想定を超える面倒事は結局どうにもならない。だから妥協しなくてはならないのだと、ルークは無意識に考えるようになっていたことに気づいたのだ。

(この俺が妥協していた……だと？)

「クク……笑わせてくれる」

「——ひぃ」

瞬間、空気が凍る。そして、同時に誰しもが思い出した。

あの日の悪夢を。ルークという存在を。

憂いに満ちたルークの心を塗りつぶしたのは怒り。目の前にいるアベルに対してだけではない。自身を煩わせる全てに対する怒りである。

ルークの高ぶった感情と共に底冷えするような膨大な魔力が解き放たれた。

最も近くでそれを感じたザックは小さな悲鳴を上げる。それは、生物として圧倒的格上の強大な魔物が、手を伸ばせば届く距離に居るかの如《ごと》き威圧感。

「キィィイイヤァァアアアアッ‼」

「も、モッケル⁉」

またしてもモッケルという冒険者は絶叫し、どこかへと走り去ってしまった。

しかし、この場に居る者の大半はルークの放つ暴力的な魔力に足が竦み、動くことすらできないのだ。逃げ出すことができた彼は、やはり優秀な冒険者なのだろう。

「いつから、俺とお前が対等な存在になった？　なァ、教えてくれよアベル」

「……え」

今度はルークの方からアベルへと詰め寄った。

「勘違いしているようだから言ってやろう。俺にとって、お前など――」

「ちょっと、やめなさいよ！」

まるで臆することなく、リリーはルークとアベルの間に割って入った。

そして強気にルークを睨《にら》み返す。――いや、彼女の手足は僅かに震えている。

「お、同じ学園に通ってる同級生なんだし、遊びに来たって良いじゃない！　アベルはアンタに会えるの、すっごく楽しみにしていたのよ！」

恐怖に屈しないように、リリーはいつもより声を張り上げた。

「……お前は――ん、なんだ？」

自身に真っ向から異を唱える存在。

それに対しルークが新鮮な感情を抱いたその時、体の芯を揺らすような鐘の音が鳴った。

『緊急!!　討伐難易度S、災害指定モンスター『氷竜』の接近を確認ッ!!　この街の騎士および冒険者の皆様は直ちに武装し、西門へと集まって下さいッ!!』

続けて、僅かに震えた声の緊急アナウンスが街中に響き渡った。

§

人間の魔力は『属性』を宿すことがある。ならば、魔物はどうか？　当然、ある。

その最たる例が竜だ。『属性竜《エレメンタルドラゴン》』と呼ばれるソイツらは、正しく災害。肉体は強固な鱗《うろこ》に覆われ、鋼を容易《たやす》く断ち切る牙や爪を持ち、ブレスによる強力な広範囲攻撃も可能。

生物として人間よりも遥《はる》かに優れ、高度な知能により魔法すら扱うのだから、それを災害と呼ばずしてなんと呼ぶのか。

「……ククク」

しかし、この脈絡の無さ。

なぜ氷竜なんて災害級の魔物が突然この街に現れるのか。俺は、その原因について心当たりがある。

「……る、ルーク君……あの、ごめんね。こんなときに言うべきじゃないかもしれないけど……僕――」

俺の隣でオドオドとしているコイツだ。この世界の主人公であるアベルの、何かしらのイベントに巻き込まれたのだと俺は考えている。コイツが王都にいたならば、王都で何らかのイベントが起こっていたのではないか？　だがどういうわけか、コイツはギルバディアへとやってきた。

その結果がこれだ。全く、どうしていつもこうなるのか。

本当に理解できないことばかりだ……が、いい。

正直アベルは目障りでしかないが、今回ばかりは俺にとっても都合がいい。

どうしようもなく、俺は氷竜という強敵との邂逅《かいこう》に心躍らせている。ジャイアント・リザードの討伐には飽きていたところだ。

続々と冒険者達が集まってくる。しかしその表情は暗く、希望を見いだせないといった様子だ。

未《いま》だ氷竜の姿は見えない。ただ、確かに感じる。着実に近づいてきている。

そういえば、あの獣人の二人はどうしたのか。

ふと気になり、辺りを見渡してみるがやはりその姿は見えない。

アイツらには聞きたいことがあったのだが――

「――ルーク！」

そのとき、声がした。

振り返れば、そこに居たのは数多《あまた》の騎士を引き連れた父上だった。アルフレッドも居る。

「父上、避難なされないのですか？」

「馬鹿を言え。そんなみっともない真似《まね》、この私がするはずなかろう。それよりもお前だルーク。すぐにアルフレッドと共に――」

「――まさか、私に逃げろと仰《おつしや》るつもりではありませんよね？」

俺は父上の言葉を遮った。

普段ならばそんなことは絶対にしない。しかし、これぱかりはダメだ。ようやく見つけたのだ、全力をぶつけられるかもしれない存在を。心の奥底で燃えたぎる、氷竜と戦いたいという欲望。それはあまりに強烈で、とても抗《あらが》うことなどできはしない。

ゆえに、思考を巡らせる。それらしい大義名分を探す為《ため》に。そして――


「――私はギルバート家の血をひく者として、守るべき領民を残して逃げることなどできません。身命を賭し、最後まで戦います」


模範解答はすぐに見つかった。

だからそれを口にしたのだが……その瞬間やたらと周囲が静まり返った。

様々な感情の視線が俺に突き刺さる。それは、アベルや父上とて例外ではない。

「まったく……さすがは我が息子だッ！　お前の覚悟がそれほどとはな……感服したぞッ！　分かった。もう、逃げろとは言わん」

「あ、ありがとうございます……」

やたらと喜ばれた。少し引いてしまうほどに。

ただ単純に、氷竜と戦いたいだけなのだが……。

「しかし、死ぬことは許さん。分かったな？」

「かしこまりました、父上」

父上の表情は普段とあまり変わらない。だが、俺には様々な感情が読み取れた。

本当は逃げて欲しいのだろう。それでも、父上は俺の覚悟を尊重することを選んだ。

感謝しなくてはな。

「ルーク君は……もうそれだけの覚悟を。やっぱりすごい。本当に凄《すご》いよ。――僕も協力させて！」

「……アンタは嫌な奴《やつ》だけど、少しだけ見直した。仕方ないから、私も力を貸すわ！」

「…………」

アベルとリリーも妙に熱い視線を向けてくる。……なんなんだコイツら。

「……申し訳ないです。俺は誤解していました。ルーク様が、そこまで俺たちのことを思ってくれていたなんて……」

唐突にそんなことを言い出したのはザックだ。

それと同時に俺は気づいた。

先程までとは違い、この場にいる者たちの目に確かな闘志が宿っていることに。

「ルーク様!!　俺は感激しましたぜッ!!」

「おい、ザッ――」

「おう、お前らッ!!　ルーク様にここまで言われて、俺たち冒険者が黙っていられるはずねぇよなぁッ!!」

そう言って、ザックは己の剣を高々と掲げた。すると――

『ウォォォォオオオオオオオオオッ!!』

爆発するように上がった喊声《かんせい》が、大地を震わせた。

「氷竜、絶対に倒そうね！　ルーク君！」

「…………」

なぜ、コイツらはこんなにも盛り上がっているのだろう。

俺が適当に吐いた言葉で、どうしてそこまでやる気を漲《みなぎ》らせることができるのだろう。

愚かな人間の思考はよく分からん。

だが、まあいい。凍《い》てつく魔力が漂い始めた。

肌で分かるほどに周囲の温度が下がっていく。

さあ、ご対面だ。

「グルガアアアアアアアアアアッ‼」

ついに、氷竜がその姿を現した。

思わず口角が吊《つ》り上がる。お前がどの程度か、お手並み拝見といこう。

俺は剣を抜き——その時、どこからともなく笛の音が聞こえた。

どこか悲しげで、思わず聞き惚《ほ》れてしまうほどに美しい音色だ。


「こ、この笛の音は……っ」


アベルが驚愕《きょうがく》の声を上げた。

明らかに何か知っている様子。——やはり、か。この状況の全てはコイツが持ち込んだ何かしらのイベントであり、俺は巻き込まれたというわけだ。

まあ、そんなことはもうどうでもいいがな。

さて、やろうか氷竜。

§

アベルにとってアスラン魔法学園での日々はとても幸せなものだった。

もちろん、彼にとって師であるエルカとの暮らしもかけがえのないものだ。しかし、友でありライバルでもある者たちとの寮での生活や切磋琢磨《せっさたくま》する日々は、アベルが内に秘めていた孤独をゆっくりと溶かしていったのである。

端的に表現するならば、楽しかったのだ。

ゆえに、忘れかけていた。――『あの日』の絶望を。全てを失った悲痛な記憶を。

突如としてどこからともなく響いたその笛の音は、アベルの持つ〝闇〟を呼び覚ました。

――『魔物は全てを奪う。だから殺さないと。もう、何も奪われないように』

「あの笛の音。何か知っているのか？」

「……え」

ルークの不意の問いかけは、アベルを思考の海から現実へと引き戻した。

「う、うん……前にも聞いたことがあって――」

「グルガァァァアアアアアアッ!!」

アベルの言葉を遮るように轟《とどろ》く咆哮《ほうこう》。

ルークは氷竜を静かに見据える。その姿はとても荒々しいものだが、何かに抗っているようにも見えた。

「ね、ねえどうするの？　襲ってこないみたいだけど……」

リリーが恐る恐るといった様子で尋ねた。

この場にいる者達のほとんどが、氷竜の凄《すさ》まじい威圧感に呆然《ぼうぜん》と立ち尽くしている。身構えつつ動向を窺《うかが》い、リリーの問いに対するルークの答えに皆が耳を傾けた。

「ふむ、やはり操られている可能性があるか」

「……ッ!!　そうなのルーク君!?　いや、そうか……十分有り得る。なんで今まで気づかなかったんだろ……」

「えっ、あのドラゴン操られてるの!?」

思わず驚きの声が上がる。

ルークによって何気なく呟かれたその言葉を、アベルは少し俯《うつむ》きながら考える。もし事実なのであれば、〝あの日〟起こった悲劇の見方が大きく変わってしまう。

アベルは無意識のうちにその忌々しい記憶に蓋をしていた。あるいは、意識して考えないようにしていたのか。ゆえに、この事実に気づけなかった。

「……竜が笛を吹けるわけがないだろう。それに、あの音色には魔力が込められていた。

――まあいい、試してみるか」

ルークが見た限りでは、未だ襲ってこないことからも、氷竜の完全なる支配には至っていないように思えた。

「――『闇の矢』」

それは、この場にいる誰もが疑問を抱く程の初級魔法。闇属性を宿しているとはいえ、とても竜にダメージを与えられるとは思えなかった。

しかし、ルークの狙いは別にあったのである。

「…………」

その闇を宿した小さな矢は氷竜の巨軀《きょく》に吸い込まれ、そして弾けた。

瞬間、氷竜の動きが空中で止まった。先程までの荒れ狂った様子はなく、ただ優雅に翼をはためかせるのみ。

ルークの放った『闇の矢』は、氷竜を支配していた魔力を飲み込んだのである。

「なッ、支配が解かれた⁉ は、早くもう一度演奏を――グアッ」

唐突に聞こえた慌てふためく男の声。

めまぐるしく変化する状況に誰もが困惑を隠せない中、不意に氷竜が首を振る。

すると、何かが空中へと放り投げられた。――ローブを身に纏《まと》った、元凶と思われる男が。

「そ、そんなぁぁあああッ!!　嫌だぁぁあああああッ!!」

パクり。正しく一口で、男は呆気《あっけ》なく氷竜に喰《く》われてしまった。

誰もが呆気に取られ、理解が追いつかなかった。

刹那の静寂が支配する。そして——


「——やはり、人間は不味《まず》いな」


喋《しゃべ》った。氷竜はそのまま、自身の眼下に群がる人間を睥睨《へいげい》した。

たったそれだけでこの場にいる大半の者が死を錯覚する。言葉を発する者などいなかった。にも拘《かか》わらず、どこかで魂を握り潰されるかの如《ごと》き悲鳴が聞こえた気がした。

「我としたことが……何たる失態だ。人間などという下等な種に支配を許すとは——全く、忌々しいことこの上ない」

それは殺気などではなく、単なる苛立《いらだ》ち。

だがその濃密な死の気配は、どれだけ己の肉体を鍛え上げようと、どれだけ技を磨こうと、人間は所詮人間でしかないということを強制的に理解させた。

これこそが──討伐難易度S、災害指定モンスター『氷竜』。

震えと共に鳴り響く鎧《よろい》の金属音が、やたらと大きく聞こえた。

（か、格が違え……生物としての格が……）

ザックは折れそうになる心をそれでも奮い立たせようと、握る剣に力を込めた。

一度沈めばもう這《は》い上がれない。それは、これ以上ないほどに彼がよく知るところだった。

「……我を支配から解放したのも人間。それもまた事実であるか──」

このとき、氷竜の怒りがほんの少し霧散したことに希望を見出《みいだ》した者は多い。

言葉を聞く限りとても理知的だ。もしかしたら、このままどこかへ飛び去ってくれるのではないか。なんなら、感謝すらしてくれるかもしれない。

そんな淡く儚《はかな》い、弱者たる人間に相応しき希望──。

「──しかし、やはり人間は不快だ。生かしておく理由などない」

あまりに理不尽かつ傲慢な理由により向けられた、初めての明確な殺意。

「…………ッ」

ルークによって高められた士気は一瞬にして失われ、残ったのは恐怖に竦《すく》む心。

辛うじて戦意喪失しなかったのは修羅場をくぐり抜けてきた一部のAランクの冒険者と

騎士のみである。ある者は自らの死を悟り、ある者はそれでも己を奮い立たせた。
そんな静寂の中——

「クク……ハッハッハッハッ!!」


響く哄笑《こうしょう》。皆の前へと歩み出るルーク。誰もが目を奪われ、そして正気を疑った。

ザックは既に撤退戦を考えていた。如何《いか》にしてルークを逃すか、その上でどれだけ多くの人間が生き残れるか。

これはそういう戦いであると断定し、脳内で活路を模索していたのだ。

ルークが常軌を逸して強いことは、ザックを含めこの場の誰もが知るところだ。しかし、それは『人間』という枠組みの中での話。

「ルーク様！」

ゆえに、ザックは叫んだ。

「よく聞け、貴様ら」

しかし、ルークは振り返ることなく皆に言葉を発する。

その背はあまりにも大きく見えた。

「誰も手出しすることは許さん。――この竜は俺一人でやる」

この状況を心から純粋に楽しんでいるのはおそらくルークだけだろう。

人間相手には決して使えない剣技、魔法。その全てを出し尽くせるかもしれない強敵。

それは強大すぎる力を持つがゆえに、常に力の制御を強いられているルークにとっては甘い蜜に他ならなかった。

何の枷《かせ》もない、血の滾《たぎ》るような全力の戦いができる。

そう考えただけで自然と口角が吊り上がる。

「何があろうと、邪魔することは許さん」

「ルーク君……」

そう、ルークはただ思いっきり戦いたいだけであった。どうせ、アベルが主人公ゆえの力を発揮しこの氷竜を倒すのだろう。ならば、自身が倒してしまっても問題ないはずだ。

ルークの思考はとてもシンプルなものだった。

しかし、誰もが死を覚悟する強大な魔物にたった一人で立ち向かうその姿は、この場にいる者達にどう映るのか。

それは――『英雄』。

正しく、吟遊詩人の詠《うた》う物語に出てくる英雄に他ならなかった。

「くッ……あんたって人は……！」

ザックは思わず呟《つぶや》く。

自身の命のことばかり考えていた。この状況ならば仕方ない。誰も咎《とが》める者はいないだろう。だが、こういった窮地にあっても他の為《ため》に命を尽くすことのできる者がいる。それを人は『英雄』と呼ぶのだと誰しもが理解した。

ルークにそんな高尚な精神は一切ないのだが――。

アベルは魔物が嫌いだった。それが操られていたとしても、魔物が持つ残虐性は偽りではないからだ。そして何より、魔物はアベルから全てを奪った元凶。

恨むなという方が無理な話である。

ゆえに考えていたことはこの氷竜をどう殺すかということのみ。そういったドス黒い感情しかありはしなかったのだ。

他者の為に氷竜に立ち向かう、ルークの姿を見るまでは――。

（ルーク君……きみは本当に凄《すご》いよ。僕は君の友になれたことを誇りに思う。でも、もし本当に危なくなったら助けるよ。きっと、君は怒るだろうけどさ）

「危なくなったら助けに行くんでしょ？」

「うん」

「正直、ルークが負けるならこの場にいる全員で挑んでも無理だと思うわ。それでも助けに行くの？」

「うん」

「……ふふっ、まあアンタならそう言うと思ったけどね」

リリーがそれ以上問いかけることはなかった。

「なによ、カッコつけちゃってさ。私たちくらい……一緒に戦わせてくれたっていいのに」

「そうだね。――でも、ルーク君らしいよ」

自身の評価がうなぎ上りであることなど露知らず、ルークは魔法を発動する。

「――『闇の鎧』『闇の翼』『付与：闇』」

「……ほう、闇属性か。珍しいな。それに、他が為に己を犠牲にするその心意気も気に入った。どうだ？　望むなら、お前の命だけは――」

「口を閉じろ。羽の生えたリザード風情が」

「──今、なんと言った？」

氷竜の雰囲気が一変する。

怒りと共に放たれた魔力は、文字通り周囲を凍《い》てつかせていった。

「クク……聞こえなかったか？　羽の生えたリザード風情が、この俺に上から物を言うとは何事だ？　──分を弁《わきま》えろ」

「き、貴様ァァァアアアアアアッ‼　楽に死ねると思うな‼」

ルークと氷竜。

どちらからともなく、戦いの火蓋は切られた──。

4

「グルガァァァアアアアアアアッ‼」

氷竜は喉奥におぞましい程の魔力を溜《た》め、そして凍てつくブレスを吐き出した。

ルークの能力が如何《いか》に優れていようとも直撃すれば命はないだろう。

だが彼は、何気ない日常であるかのようにただ静かにそれを見据えた。そして、その僅かにつり上がった口角と共に一つの魔法を発動する。

「――『闇の太陽』」

ブレスが吐かれてから直撃するまでの一秒にも満たない刹那。ルークはそのブレスに込められた魔力量を恐ろしく正確に感じ取り、問題なく吸収できると判断した。

その右手より生み出された闇の太陽は、ゆっくりと天に昇る。それに引き寄せられるように、氷竜の吐き出したブレスは不自然に向きを変え、そのまま飲み込まれてしまった。

「小癪《こしゃく》な!!」

氷竜はもう一度その凍てつくブレスを吐き出した。ルークに向けて、ではない。全てを飲み込むその黒き太陽に向けてだ。

ただし、それは先程のものとは少し異なっていた。より狭く、より集約されたものだ。

――刹那、闇の太陽は凍りついた。ルークの魔法が破られた瞬間である。

「……素晴らしい」

人間では遠く及ばぬ、海のように深い知識ゆえか。それとも、卓越した洞察力ゆえか。

氷竜は闇魔法の弱点を見抜いていた。その弱点とは、『一度に吸収できる魔力量には限界がある』ということ。

だからこそ、氷竜はより魔力密度を高めたブレスを吐いたのである。

「やはり、魔法において魔力密度は極めて重要ということか。——クク、やはりロイドは優秀だ」

「何を言って——ッ」

「ならば、こちらも核に魔力をより集中させてみるか。より濃く、より小さく。——『極・闇の太陽』」

これはマズい。氷竜は本能によりそれを悟った。

先程と同じ魔法であるはずなのに、ブレスはもちろん、自身が使えるどの魔法でもこれは壊せない。直感でしかないはずなのに、氷竜にとってそれはもはや確信に近かった。

また、あまりにも早く練り上げられた魔力。ルークは魔法発動までのラグがほとんど無い。ゆえに選択肢はなく、今すぐに決断しなくてはならない。

この闇の太陽が大気中の魔力を吸い上げ、大きくなる前に。

「——ッ」

物理耐性、魔法耐性、共に恐ろしく優れているのが竜という生物だ。加えて、驚異的な再生能力すらも備えているのだからまさに人間とは生物としての格が違う。

氷竜が選んだのはその強靱《きょうじん》な肉体によって魔法を破壊すること。——鞭《むち》の如くしなやかで、槍《やり》の如く鋭い尻尾を凄《すさ》まじい速さで振り、闇の太陽を斬り裂いた。

「ガアアアッ!!」

瞬間、自身の魔力が急速に奪われる感覚。氷竜は驚愕《きょうがく》した。ほんの僅かな接触でこれほど魔力を奪われたのだ。——直撃することは、何としても避けなければならない。

「なるほど、竜の耐久力の異常な高さは文献通り。それは攻撃にも応用できるな。ダメージを与えるには圧倒的物理攻撃、もしくは圧倒的魔法攻撃が必要。——その両方なら尚良し、か」

「……っ」

ルークは獰猛《どうもう》な笑みを浮かべた。

この時、氷竜はようやく真に理解した。目の前にいる存在は人間という下等種でありながら、竜である自分を本当に殺すつもりなのだと。

氷竜に人間であるルークの表情など分かりはしない。しかし、人間とは比にならない程に研ぎ澄まされし鋭敏な感覚によって、それを悟った。理解した瞬間、氷竜は久しく抱いていなかった感情が靄《もや》のようにじんわりと広がっていくのが分かった。

その感情とは——

（……まさか、この我が――『恐怖』しているというのか……？）


だが、その恐怖はすぐさま別の感情によって塗りつぶされた。焼けつくような憤怒に。

氷竜にとって、たとえ一瞬であろうとたかが人間に恐怖したという事実は受け入れられるものではなかった。

「人間風情がァァァアアアアアアッ!!」

氷竜は翼をはためかせ加速する。

「クク……アーハッハッハッハ!!　やはり楽しいな!!　死合うというのは!!」

怒りに身を任せつつも、ルークにあの魔法を使わせてはいけない、という理性的思考のもとに氷竜は距離を詰める。対して、ルークもまた魔法によって創り出された翼をはためかせ――真っ向から迎え撃った。

氷竜の鋭い爪や牙とルークの剣が幾度となく交わる。人間と竜。純粋な力において、どちらが勝っているかは火を見るより明らかだ。

ひっかき、噛《か》みつき、尻尾の薙《な》ぎ払い。どれも人間ならば致命傷となるもの。

ただし――当たればの話だ。

その全てが紙一重で躱《かわ》され、いなされる。

氷竜の一撃がどれほどの速さ、どれほどの重さがあろうとまともに攻撃が当たらない。

ブレスや魔法を使おうとも闇魔法で相殺される。その膠着《こうちゃく》状態は確実に氷竜を苛立《いらだ》たせた。人間ごときに手間取っていることへの苛立ちだ。

だが、どんどん鋭さを増していくルークの剣撃を身に受ける度に、自然とその感情は薄れていった。

「………ッ」

最初の攻防の時点で気づいていた。

怒りと共に無理やり塗りつぶし目を背けたが、もはやそんなことは言っていられない。

ルークという存在を――単なる『人間』であると見くびってはいけない。

でなければ死ぬのは自分の方だ。

氷竜はそのことを本能によって感じ取り、ルークを対等な存在と認めた。

そして、命を懸けることを決めた――。

§

魔法を至上のものとするミレスティア王国において、その半数以上が魔法とは無縁である冒険者の立場は決して良いものではない。ゆえに、優秀な冒険者ほど他国へと流出してしまう傾向があることも自然と言えるだろう。

そして、ここギルバディアにはAランク以下の冒険者しかいない。

「…………すげぇ」

誰かがぽつりと呟《つぶや》いた。

ルークと氷竜の戦い。この場にいる者にとって、それはとても現実と思えるものではなかった。Aランクの冒険者とは、才能のある選《よ》りすぐりの上級冒険者に他ならない。

しかし、足りない。この戦いに加わるなら、あまりにも力が足りない。さらにその上、真に選ばれし者たるSランク、Xランクの冒険者でなければ。

ルークの戦う姿は、見る者を絵物語の世界に迷い込んだのだと錯覚させた。

ここは戦場。常に臨戦態勢でなければならないと分かっているはずなのに、大半の者が剣を下ろし、ただただ見入っていた。

「ルーク君……きみは一体どこまで――」

アベルもまたその一人だ。

凄《すご》い。それ以上の感情はなかった。

いつか自分もこうなりたいという憧憬の念。その当たり前の感情を——アベルは抱くことができなかった。

(——ルーク君にはなれない)

あるのは、『こうはなれない』という確信。

ただ、それは諦めではない。自身の道を歩むことへの覚悟と決意だ。

(今は離れすぎていて、どれだけ離れているのかすらも分からないよ。でも……いつか追いつきたい。どんなに時間がかかっても、いつかきっと——)

すぐ近くに死を彷彿《ほうふつ》とさせる凶悪な存在がいるというのに、取り乱す者はなく、言葉もなく、とても静かなものだった。

しかし——

「素ウウウ晴らしイイイイイイッ!!」

そこに響く狂喜の叫び声。

全ての視線が声の元を探し動く。

そして、環状囲壁の上にそれを見つけた。――アルフレッドである。

頑として避難しないクロードと共にルークの戦いを見守っていたのだ。

「……え。アルフレッド、一体どうし――」

「旦那様アアアッ!! ご覧になられておりますか!! これが!! これこそが私の辿《たど》りつけなかったカアアアミの領域にございますウウッ!!」

「………」

長年我が家に仕えてくれているというのに、自分はアルフレッドのことを何も知らなかったのだと、このときクロードは思い知らされたのだった――。

§

大抵の魔法は、術者の捻出魔力を『威力』と『速度』に振り分け発動される。ほとんどの者がそれを自覚することなく、無意識にその割合を決定している。

アスラン魔法学園で学ぶなかで、ルークはこの事実を知った。――しかし、彼はそれすらも自由自在であった。努力の果てに会得したものではない。

誰しもが教わらずとも手足の動かし方を知るように、魔法に関するほとんどのことは最初からできてしまうのである。ゆえに、つまらないと感じてしまうのだが。

ルークが闇の魔力により飛行魔法を凄まじく発展させた新たな魔法――『闇の翼』。羽ばたきと共に大気中の魔力を吸収し、その全てを『速度』へと変える。

それによってルークは、単なる飛行魔法とは比べものにならないほどの速さを得ているのだ。空の王者たる竜をして、捉えられないほどの速さを。

「ちょこまかと……グッ」

「…………」

氷竜の噛みつきを躱《かわ》し、すれ違い様に翼を斬る。

しかし、何度斬りつけてもダメージは微々たるもの。それほどに、竜の耐久力は凄《すさ》まじかった。

(『闇の暴食』を使おうかとも考えた――が、しかし)

それは、今のルークが持つ最大の魔法。魔力を吸収するという特性を昇華させた、物質をも飲み込む凶悪な闇魔法。だが、この魔法は未《いま》だ発展途上であり、体への負担も計り知れない。

（──もったいない。魔法など使うか。必ず斬ってやる。コイツの動きは既に見切った。実に単調でつまらん。所詮、魔物ということか）

ルークは『闇の暴食』を使う気などなかった。

剣に宿る、魔力とは異なる未知の力を完璧に自身のものとし、氷竜を斬り裂く。それが、ルークの成さんとすることだ。

アルフレッドとの鍛錬のとき、アスラン魔法学園にて剣を振っているとき、鍛冶屋で試し斬りをしたとき──今までぼんやりとあった感覚が、氷竜との攻防の中でどんどん研ぎ澄まされていき、明確なものとなっていくのを感じる。

魔法で終わらせるなどもったいない。ルークはこれまでこの力がなくとも斬れていた。いや、斬れてしまっていたと言うべきだろう。

だが、今まさに真に斬ることのできない強敵と対峙《たいじ》しているのだ。

氷竜の爪や牙による攻撃を剣で捌《さば》く。魔法やブレスをも捌く。

幾重にも繰り返されるそのやり取りのなかで、ルークは確実にその力をものにしていった。そして──

「──あぁ、これか」

時は満ちた。

ルークはその力の源を正確に把握することはできなかった。だが分からずとも、その悪魔的才覚により扱えるようになってしまったのだ。

これは、『戦士が扱える魔法』のようなもの。今はその程度の理解でいいと判断。すぐさま意識を切りかえ、剣に全ての集中力を注ぎ込む。

そして、ルークの剣に光が集約していき――


「――《スラッシュ》」


戦闘が始まって以来、氷竜の強靭《きようじん》な肉体から最も多くの鮮血が舞った。

「グァァアアアアッ！」

「ククク……アッハッハッハ!!　これはいい、気に入った!!　まだまだ増やせるなァ!!」

一度摑《つか》んだその感覚は、ルークにとってもはや手足と同じだった。

より大きな力が剣に集約する。

常人であれば幾年《いくとせ》もの弛《たゆ》まぬ鍛錬の末に会得するはずのそれを、ルークはあまりにも容易《たやす》く飛び越え、成しえてしまう。

「――《ダブルスラッシュ》――《トリプルスラッシュ》」

「ギャァァァアアアアアアアァッ!!」

振るわれたるは神速の二連撃、そして三連撃。

約二百年、感じたことのない激痛に氷竜は悶《もだ》え苦しみながら地に落ちた。

返り血に染まりながら、心底楽しそうにルークは嗤《わら》った。

「アッハッハッハ!! 次だ!! 次はどうする!! そうだなァ、混ぜてみるか!!」

またしても剣に光が集約する。だが、それは先ほどまでのものとは明らかに異なっていた。

闇の魔力が剣に集約した光を包み、黒く染め上げた。


「――《ダークスラッシュ》」


それがどれほどの高等技術であるかまるで理解することなく、ルークは成しえてしまう。

氷竜は本能で感じ取る。この斬撃はマズい、と。

だが、全ては遅すぎた。

「ガアアアアアアアアアアッ!!」

先ほどまでとは比べ物にならない激痛が氷竜を襲った。脳裏から離れない明確な死。明滅する意識の中、氷竜は目を疑う光景を見た。さらに大きく、さらに禍々《まがまが》しい力をその剣に宿したルークの姿を。

「楽しかったが、これで終わりだ。——《ダークブレ——》」

「まままままま待ってッ!! ちょっと待ってくださいッ!!」

ルークの剣が直前で止まる。

その凄まじい風圧は、辺り一帯に舞い上がっていた土煙を一瞬にして吹き飛ばした。

「……何の真似《まね》だ？」

「ぜ、ぜぜ、全面的に……こ、降伏しましゅ……」

頭を地に伏し、四肢と尻尾を可能な限り小さく丸めたその姿は、竜の最大限の敬服を表す——服従のポーズであった。

§

強固な鎧《よろい》の如《ごと》き鱗《うろこ》に覆われし肉体、鋼を容易《たやす》く断ち切る牙や爪、天空を翔《か》ける翼。ブレス等の様々な特殊能力を持ち、魔法すらも自在。

正しく、この世界において『最強』とされる種族。それこそが——竜《ドラゴン》である。

竜は基本的に群れない。そして、子育てというものもほとんど行わない。
一、二年ほどで巣から放り出す、種によっては適当な場所に産卵して放置なんてこともざらである。
氷竜は親の顔など知らない。興味もない。

この世に生まれ落ちてからおよそ二百年。己こそが最強であることをほんの欠片《かけら》ほども疑うことなく生きてきた。氷竜を取り巻く環境の全てがその事実を証明していたのだ。

風の吹くまま気の向くまま。少しでも目障りだと感じた存在は全て殺し、何となく心惹《こころひ》かれる財宝を集める。そうやって今まで生きてきた。

いつしか、歯向かう存在はいなくなった。竜という最強の種でありながら、属性魔力をもその身に宿している氷竜に敵などいるはずもない。

だが——転機は突然訪れた。

何者かが近づいてくる気配を感じ取り、ゆっくりと目を開けた。——人間だ。

抱いた感情は強烈な不快感と苛立《いらだ》ち。

自身の眠りを妨げた。それだけでこの人間は万死に値する。

さっさと殺してしまおうと思い、氷竜が身体を起こしたそのとき——笛の音が聞こえた。

魔道具『支配の魔笛』。それはどこの国にも属していないとある組織によって、独自に開発されたもの。

——ゾワリ。

氷竜の体がほんの僅かに震えた。

生まれて初めて感じるその感情の名は分からない。分かりたくもない。

人間のものとは比にならない竜の鋭敏な感覚により察知した、ありえるはずのない危険。

精神が黒く染まっていき、思考の一部が剝離《はくり》し遠のいていくような奇妙な感覚。

氷竜はようやく、自身が明確な恐怖を抱いていることを自覚する。

今——己の精神が乗っ取られようとしている。

ありえない。ありえるはずがない。

たかが人間如きにそんなことできるはずがない。

「グルガアアアアアッ!! おのれ……おのれ人間がァァアアアアッ!!」

血を吐くような絶叫を上げ、抵抗する。

だが、どれほどの抵抗をしようとも意識は侵食されていく。

ブレスや魔法による攻撃をする余裕などありはしない。抵抗することに全神経を集中しなくては、瞬く間に支配されてしまうからだ。

長年の研究、幾重にも積み重ねられた改良。それにより、『支配の魔笛』は最強の種たる竜をも支配するに至ったのである。

「素晴らしい……成功だ！　これは、アーサーも喜ぶぞッ！」

しかし、その支配は完全なものではなかった。

§

自身の周りを飛び回る蚊のような、目障りで鬱陶しい害虫。

氷竜からすれば人間の認識などこの程度だった。

人間にとっての虫。竜にとっての人間。認識という点において、そこに違いは存在しない。

ただ、イライラしているから殺す。理由なんてそれで十分である。

己以外の全ての種族は下等種でしかない。そして、それは不変の事実であり今後も変わりはしない。──そのはずだった。

「──《スラッシュ》」

「グァァアアアッ！」

ここで、これまでの認識が粉々に砕け散る。

今まで感じたことのない激痛は氷竜にとって生まれて初めて『死』を彷彿《ほうふつ》とさせるものだった。

「──《ダブルスラッシュ》──《トリプルスラッシュ》」

「ギャァァァアアアアアアアアッ!!」

次に、己こそが最強であるという傲慢さが消し飛ばされ、心の一部が壊れた。

もう嫌だ。もう嫌だ。もう嫌だ。

死にたくない。死にたくない。死にたくない。

ただただ生にしがみつかんとし声を出そうとしたが、それよりも早く振るわれるその剣。

絶望に染まった氷竜には、目の前の人間が悪魔にしか見えなかった。

恐ろしくゆっくりと時間が流れる。

「──《ダークスラッシュ》」

「ガアアアアアアアアアアアッ!!」

もし、氷竜がもっと強敵に恵まれ、『痛み』への耐性を少しでも得ていたなら――結果は変わっていたのかもしれない。

ルークによって与えられた痛み。初めて感じる痛みとしてはあまりにも強烈過ぎたそれは、氷竜の性格、考え方、価値観といったものの全てを、以前とは完全に異なるものへと変えてしまった。

これは――『再誕』である。

氷竜はこのとき新たに生まれたのである。

(謝らないと、謝らないと、謝らないと、謝らないと、謝らないと、謝らないと――)

氷竜は決めた。謝ろう。まず、謝ろう。

調子に乗っていました。ごめんなさい。本当にごめんなさい。

それから何度も全力で謝れば、もしかしたら許してくれるかもしれない。そんな淡い希望を抱いて。

(……え)

またしても、目の前の人間の剣に無慈悲な光が集約していく。さらに大きく、さらに禍々しく。

(あ、これもっと痛くなるのか……なるほど……――はぁぁあああああ!? ムリムリムリムリッ!!)

「楽しかったが、これで終わりだ。――《ダークブレ――》」

「まままままま待ってッ!! ちょっと待ってくださいッ!!」

無意識に発した生まれて初めての敬語。

一度たりともやったことがないというのに、自分でも驚くほどスムーズに体は動いた。これが生存本能なのだと確信しながら、頭を地に伏し、四肢と尻尾を可能な限り小さく丸めた。

体全体で風を感じた。幸運にも剣が止まったのだ。

あの痛みがこないのなら、もうあとはどうでもいい。どうとでもなれ。

自暴自棄とはまさにこのことだった。

「……何の真似だ?」

「ぜ、ぜぜ、全面的に……こ、降伏しましゅ……」

人間に頭を下げる。

以前の氷竜なら尋常ならざる屈辱に顔を歪《ゆが》め、血涙を絞っていたことだろう。

しかし、違う。今の氷竜にあるのは、攻撃が止まったことへの底なしの安堵《あんど》と、言葉を嚙《か》んでしまったことへの僅かな気恥ずかしさだけだった。

ルークは目の前で震える憐《あわ》れな氷竜を見下ろしながら、少しだけ考える。より自身にとって利があるのは何か、ということを。

「──名は？」

「は、はい……？」

「名はあるのか、と聞いている」

「あ、あります！　あります！」

なぜ二回言うのか、と思ったがその事にルークが触れることは無かった。

「なんだ」

「き……キング・オブ・ザ・ワールド、でしゅ……」

「……は？」

「ひぃぃぃ、ごめんなさい！　ごめんなさい！　我ごときが、おこがましいにも程がありましたぁぁぁ！」

「…………」

世界の王――この名は、氷竜自ら付けたものだ。名など必要はなく、ほんの暇潰しに考えたものだったが、自分こそはこの世界の王に相応《ふさわ》しいと本気で考えていた為《ため》この名前は割と気に入っていた。

だが、ルークはそんなことを知るはずもない。ゆえに、ふざけているのか？　と考え、怪訝《けげん》な顔をした。

表情こそ見分けがつかないが、目の前の人間の機嫌が悪くなっていることを、氷竜はその優れた知覚能力によって鋭敏に感じとった。身体が心臓を握られたように震える。

マズイ。途轍《とてつ》もなくマズイ。氷竜の思考が高速で回る。

「そそそ、そうですね……名前は考えておきます……」

「……ふむ」

直《す》ぐに良い名前を思いつくことは無かったが、できるだけ慎《つつ》ましいものにしようと氷竜は思った。

気に入っていた『キング・オブ・ザ・ワールド』という素晴らしい名は、この人間にあげよう。きっと喜ぶ。自身の敬意も伝わる。

氷竜はそう考え、口を開こうとしたら――

「クク——決めたぞ。お前は、我が領地のマスコットにでもなってもらうとしよう」

「……ふえ？」

ルークは考えていた。父から受けた大きすぎる恩を返す方法を。

たとえ、肉親であろうとも借りは作りたくないのだ。

そこで思いついたのが、氷竜をギルバート領のマスコットにすることで、更なる繁栄を築くということだ。

必ずや、物珍しい属性竜《エレメンタルドラゴン》見たさに多くの人間が集まり、莫大《ばくだい》な富をもたらすだろう。

「これから一生、俺の駒としてお前が我が領地の繁栄のために尽くすのならば、生かしてやろう。見下していた人間の為に尽くさねばならんのだ。さぞ屈辱だろうが、命を奪わないでやるだけ俺は寛大だろう？　クク」

「なります！　我、駒になります！」

「……え」

屈辱に顔を歪ませると思っていたルークは、何故《なぜ》かノリノリで、もはや食い気味で駒になろうとする氷竜に困惑した。

「……そうだ、素材も貰《もら》うぞ。お前ら竜は、驚異的な再生能力を有しているのだろう？　ならば定期的に爪や牙、鱗《うろこ》を剝《は》ぎ取っても構わないよな？　ククク、ハッハッハ——」

「もちろんです！　我が肉体が主様のお役に立つのならば、これにまさる喜びはありません！」

「………………」

ルークに罪悪感こそなかったが、かなり尊厳を無視したことを言っている自覚はあった。

なのに、目の前の氷竜は依然ノリノリなのである。

訳が分からない。

「では、お近づきの印に……」

「――待て……何をしている？」

「ひぃぃ、尻尾を切って献上しようと思いまして……どうせすぐ生えてきますし……」

「……そうか、今はいらん」

「か、かしこまりました」

「………………」

ルークの困惑はさらに深くなる。

つい先程まで『人間風情が――』などと言いながら、自身を殺そうとしていた竜のこの豹変《ひょうへん》はなんなのか。

「……まさかと思うが、この俺を騙《だま》せると思っていないだろうな？　無駄だぞ。お前は契約魔法によって、俺の『従魔』とするからなァ。ククク、隙を見て逃げようなどと考えていたのだろうが――」

「光栄ですうううッ！」

「………………」

これからずっと、ルークの『敵』ではなくなる。

その事実に対しての溢《あふ》れんばかりの喜びのみが、氷竜を満たしていた。

「さっそく、ぜひ！」

「あ、あぁ……」

ルークは再び思考を巡らせる。

これは何らかの罠《わな》なのではないか。見落としていることは無いか。

しかし、いくら思考を巡らせてもそんなものは見つからない。だからこそより一層、気味が悪かった。本当に従魔にすべきか迷うほどに。

「――『契約：従魔』」

ルークと氷竜を中心として巨大な魔法陣が現れ、眩《まばゆ》い光を発した。

契約魔法とは、お互いの合意がなければ成立せず、契約内容の重さ、契約する対象によって必要とされる魔力が変わる無属性魔法だ。だが、凄《すさ》まじくスムーズに契約は成った。

「………」

ルークと氷竜の間に見えざる繋《つな》がりができる。

それを通してひしひし伝わってくる、心から絶対服従を誓うという氷竜の感情。

「誠心誠意、お仕え致します――」

「……うむ」

疑うことに疲れたルークは、氷竜の尻尾肉をギルバディアの新たな名物にしようか、などと考えながら氷竜の背に乗った。

そして、遠目に状況をうかがっていた冒険者たちの所へと戻る。

その姿は正しく竜を従える古《いにしえ》の英雄。

次の瞬間、全ての者たちが一斉に拳を突き上げ、勝利の雄叫《おたけ》びを上げた。

§

「あー、うん！　これは無理だね！」

「――ムリ。ムリすぎ」

ターバンを巻いた男女が二人。

とある場所にて、ルークと氷竜の戦いの一部始終を見ていたカニスとフェーリス。

その表情は、憑《つ》き物が落ちたように晴れやかなものだった。

「いろいろ頑張ってはみたけど……こいつは命がいくつあっても足りないねー。となると、俺たちが選べるのは二つ。一つはどこか遠くに逃げること。もう一つは――」

「…………」

カニスとフェーリスは行動する。全ては、自分たちの未来の為に――。

あとがき

皆様、お久しぶりです。黒雪《くろゆき》ゆきはです。

おかげさまで二巻を出せたこと、大変嬉《うれ》しく思います。

今回のお話ではぼんやりと『敵』の存在が明らかになるとともに、やはりちょっとだけ上手《うま》くいかないルーク君が中心となりました。いかがだったでしょうか？

そして、あまりにも濃いキャラが多いからこそ映える『ザック』は私のイチオシです。読者の皆さんにも好きになってもらえたら嬉しいです。圧倒的な力で敵を蹂躙《じゅうりん》するキャラも好きですが、足りない能力を工夫とド根性で補い、泥臭く戦うキャラも同じくらい好きです。まあ、彼は一応Aランク冒険者なので才能がないわけではないのですが。

まだ刊行できるかは分かりませんが、次巻からは大きく物語が進行してまいります。様々な勢力が本格的に動き始め、ルーク君がさらに胃を痛めてしまうような出来事が次々と起こります。楽しみにしていただけたら幸いです。ただ、かなり早期の書籍化のためWeb版の本編に追いついてしまいそうという問題はあるのですが……頑張ります。

さて、ここからは謝辞を贈らせてください。まず、今回も数多くの美麗なイラストを描